# なくし物をお探しの方は二番線へ

## 鉄道員・夏目壮太の奮闘

二 宮 敦 人

JN193081

幻冬舎文庫

# なくし物をお探しの方は二番線へ

## 鉄道員・夏目壮太の奮闘

nakushimono wo OSAGASHI
no kata ha 2bansen he

CONTENTS

イラスト　shimano

本文デザイン　百足屋ユウコ（ムシカゴグラフィクス）

え：ニノミヤアット

蛍川鉄道路線図
松《まつ》原《ばら》大塚《おおつか》
官《かん》人《じん》町《ちょう》
鬼《おに》舟《ふね》
西《にし》向《むこう》島《じま》
鐘《かね》ノ《の》淵《ふち》
さくらが丘《おか》
碓《うす》井《い》
深《ふか》草《ぐさ》
牛《うし》中《なか》
千《せん》住《じゅ》原《はら》
大《おお》菅《すげ》
六《ろく》反《たん》野《の》
梅《うめ》山《やま》
東《ひがし》新《あら》井《い》
竹《たけ》ケ《が》塚《つか》
藤《ふじ》乃《の》沢《さわ》
草《くさ》間《ま》
あさつり台《だい》
夏《なつ》日《ひ》
藤《ふじ》見《み》動《どう》物《ぶつ》公園《こうえん》
戸《へ》田《た》
川《かわ》入《いり》
泉《いずみ》島《しま》
吉《きっ》祥《しょう》

# プロローグ　電話友達の直子と純一

今日も日差しは強い。駅のホームに降り注ぐ光が白線に反射して眩《まぶ》しい。

「やあ、純一《じゅんいち》」

本間《ほんま》直子《なおこ》は携帯電話を耳に当てて話しながら、よく日焼けした額をハンカチで拭《ぬぐ》った。湿度はさほどでもないが、直射日光には圧力すら感じられる気がする。

「ああ……直子か」

学生の頃と変わらない、進藤《しんどう》純一の声が聞こえてくる。

「どうよ、最近？」

「いつもと同じだよ。仕事は忙しいし、会社は相変わらず無茶ばかり言ってくる。直子は？」

「んー、まあ私もそんな感じかな……」

鉄のレールと車輪が擦《こす》れる鋭い音が遠くから聞こえてきた。列車のブレーキ音だ。電話の向こうで純一にも聞こえたらしい。

「今、どこにいるの、直子？」

「駅だよ」

「へえ。これから仕事？」

「まあね」

「何かあったの」

「別に何も。ただ、たまにはこうして純一の声を聞かないと、元気出なくて」

「相変わらずだなあ……一週間に一回は電話かけてくるよね。彼氏に誤解されても知らないよ」

「前の彼とは結構前に別れたよ」

「あ、そうなんだ……まあいいけど。そういえば最近会ってないね。今度飯でも行かない？」

「……ううん」

直子は腕時計を見て、首を横に振った。

「悪いけど、今は会えないんだ。その……遠くにいるから」

よく見慣れた都営地下鉄三田線の車両が、速度を落としながら目の前に滑り込んできた。銀杏《いちょう》の葉のような形、緑色の東京都マーク。都営地下鉄の印だ。行き先表示板には、目黒と書かれている。

「え、東京にいないの？　出張とか？」

「……ま、ちょっとね」

「ふうん……」

純一は詳しくは聞いてこなかった。事実を告げない後ろめたさに、胸がちくりと痛む。いつかきちんと言わなくちゃ。そう思いつつも、なかなか勇気が出ない。

「ごめんね純一、これから電車乗るから、一度切るよ」

「え？　ああうん。本当に声を聞いただけって感じだね」

「怒った？」

「いつものことだから、何とも思わないよ。じゃあ、仕事頑張ってね」

「純一もね」

「うん。じゃ」

「またね」

直子は電話を切ると、携帯電話をポケットにしまった。そして電車に群がる人の列に加わる。ほとんどの人は暑いのだろう、半袖だった。

直子は電車に乗る。窓には弱冷房車と表示があった。

⚜

駅構内に併設された喫茶店の中。進藤純一は通話を終了したインターネット電話アプリの画面を、ぼんやりと眺めていた。

直子は昔とちっとも変わらない。相変わらずマイペースだ。自分の好きな時間に電話をかけてくるし、自分の好きなタイミングで切る。純一はそれに応じるだけ。振り回されているとも言えるのだが、不思議と不快ではなかった。

テーブルの上に広げた紙の束が目に入る。今日、商談で使う資料だ。

急に現実に引き戻されて、純一はため息をついた。仕事は嫌だな。

携帯電話を置く。無意識にがちゃんと大きな音が出てしまった。隣の席で白髪交じりの男が眉間《みけん》に皺《しわ》を寄せてこちらを見る。すみませんと言うべきなのだろうが、純一は肩をすくめて素知らぬふりをしてしまった。

白髪交じりの男はふうと息を吐き、煙草に火をつけてくわえた。知らない顔ではない。

同じ時間帯の電車に乗り、同じ喫茶店で食事をしていれば、同じ習慣を持つ人間の顔も覚える。喫煙者同士となればなおさらだ。

彼とは四、五日に一回顔を合わせるだけの関係が、三年ほど続いている。会話をしたこともないし、名前すらも知らない。だが彼の存在は純一の中で強い印象を残していた。何となく会うたびにイラッとしてしまうのだ。

とにかく何もかもが〝上〟なのである。

まず、お洒落《しゃれ》だ。シャツ、ジャケット、パンツ、鞄《かばん》に手帳……どれもがこだわりを感じさせる品の良いもので、派手ではないものの存在感がある。

喫茶店の女性店員とも仲が良いのか、いつも「おはよう」と挨拶しながら注文している。黙ってメニューを指さすだけの純一とは対照的だ。きっと友達も多いのだろう。自分は友達といえば直子くらいしか思いつかないというのに。

純一は電車の中では漫画を読むか、携帯電話でニュースを見ているだけだが、白髪交じりの男はいつも新書を読んでいる。ジャンルは科学から歴史まで多岐にわたっているが、特に仕事術や組織経営の本が多いので、おそらくは企業の重役であろうと純一は踏んでいた。年齢が離れているとはいえ、ヒラ社員の自分とはえらい違いだ。

そして、極めつきは彼が新書に挟んでいる栞《しおり》だ。子供の手作りなのだろう、押し花と一緒に「パパいつもありがとう」と拙《つたな》い字で書かれていた。端には折れ目があり補修した跡がある。長いこと大切に使い続けていることがうかがえる。素敵な家族がいるのだろう。子供との仲も良好と見た。こっちは恋人もいないっていうのに。

とにかく何もかもが違うせいで、純一はこの男にあまり好感を持てなかった。顔を見るだけで、馬鹿にされているような、何だか惨《みじ》めな気分になる。醜い僻《ひが》みといってよかった。男の注文がいつもブルーマウンテンであるのに対し、自分は常にブレンドであることも何となく恥ずかしかった。

純一はカップを口に運ぶ。苦い。

世の中には隣の男のように、充実した日々を過ごす人間もいるのに、俺ときたら何をしているんだろう。会社では成果を出せず毎日上司に怒鳴られ、ストレスばかりが溜まっていく。

純一は腹立ちまぎれにスティックシュガーの先端をちぎり、カップの中に振りかけた。思ったよりもたくさん出てしまい、白い粉末が沈んでいくのをじっと見る。

「……嫌だな。仕事……」

心の中から溢《あふ》れ出るように、口から言葉が落ちた。

脇に置いた鞄を見る。中には名刺入れとノートパソコン、そして資料がぎっしり入っていて、ぱんぱんに膨《ふく》らんでいる。

カップを傾け、残ったコーヒーをぐいと飲み干した。

「——まもなく三番線にまいります電車は、各駅停車松原大塚《まつばらおおつか》行き。七時五分の発車になります。黄色い線の内側に下がってお待ちください」

アナウンスが聞こえてきた。

純一は慌てて鞄を持って立ち上がり、食器を片づけると、電車を待つ人の列に並んだ。すぐ横にあの白髪交じりの男も並び、相変わらず澄ました顔で新書を開いていた。

# 一章　クロエと偽駅員

「最悪、最低です。こんなものが、日本の鉄道なんですか」

蛍川《ほたるがわ》鉄道、藤乃沢《ふじのさわ》駅の窓口事務室では、金色の髪を振り乱し白い肌を赤くさせ、クロエ＝カプドヴィエル・ホシノが叫んでいる。

「よりによって偽駅員までいるだなんて！　この国の人は、本当に信じられませんね。人間らしい心を失っているのです」

居合わせた駅員は、夏目壮太《なつめそうた》をはじめとして、みな一様に慌てている。無理もない。フランスからの大事なお客さん、それも日本に好意的な印象を持っていたはずの人を、カンカンに怒らせてしまったのだ。

普段は冷静な壮太の上司、及川《おいかわ》助役も焦った口調で駅内テレスピーカーに呼びかける。

「まだ見つからないのか、クロエさんの切符を騙《だま》し取った偽駅員は」

向こうでは、駅構内の捜索に出ている駅員の中井佐保《なかいさほ》が応答した。

「それらしき人物はどこにも……」

「そんなはずはない。そうだ、トイレで制服から私服に着替えて逃げたのかもしれんぞ」

「トイレは翔《しょう》さんが見張っていますが、怪しい人物はまだ見つかっていないようです」

及川助役は眉間に皺を寄せ、考え込んだ。偽駅員は電車に乗ってどこかに行ってしまったのだろうか。しかし駅員に成りすますとは、大胆不敵な犯行だ。

クロエのきんきん声が聞こえてくる。

「もう知りません、フランスに帰ります。こんな国、二度と来ません！」

クロエが気分を害したまま帰国するのはやむを得ないとしても、偽駅員を取り逃がしたとあっては、鉄道会社としての信用にかかわる。

しかし、駅員の制服を着てうろついていれば相当目立つ。藤乃沢駅の駅員たちが見逃すとは思えないのだが。偽駅員はどこから来て、どこに消えたのだろう。謎は深まるばかりだった。

どうしてこんなことになったかの、いきさつはといえば――。

夏目壮太だってほんの数日前までは、自分がフランス人を東京案内することになるなんて思ってもみなかった。

いつもより少し早く起き、寮を出て竹ヶ塚《たけがつか》駅から電車に乗る。駅員とはいえ非番の日は普通のお客さんと変わらない。前後左右から押され、人波に呑まれながらの移動だ。一駅先の藤乃沢駅に到着した。私服姿の壮太はサラリーマンたちでぎゅう詰めの電車から降りる。

ホームを眺めながら、腕時計を確認する。七時十四分。松原大塚行き各駅停車が、ゴトンゴトンと音を立てながら駅を離れていく。三分ほどダイヤから遅れているが、この時間帯にはよくあること。むしろ乗客数から考えれば、その程度の遅れですんでいることを評価してもいいくらいだ。

世界でも有数と言われる、東京のラッシュアワーなのだから。

「おはようございます。壮太です」

壮太は自動改札機には向かわず、窓口事務室をノックした。

「おはよう。壮太、時間通りだな」

長身痩軀《そうく》、ロシア人が遠縁にいるという及川助役が、品のいい微笑《ほほえ》みとともに顔を出す。

「鉄道員は時間厳守、鉄則ですから」

及川助役は頷《うなず》くと、申し訳なさそうに言った。

「悪いな壮太。せっかくの休みなのに、変な仕事を頼んでしまって」

「いえ」

「本来なら私が行くべきなのだが、どうしても予定が合わない。かといって上役に嫌とも言えなくてね。今度何かうまいものでもご馳走させてもらうよ」

「お願いします。それで……ご案内する方は？」

「もう来てるから、今呼んでくる」

「はい。しかし、あの……」

「ん？」

壮太は少し迷ってから聞いた。

「外国の方を東京案内するのはわかるんですが。どうしてこの時間に、ここで待ち合わせなんでしょう？」

及川助役は首をひねってから「直接、聞いてみてくれ」と告げ、事務室の奥へと消えた。

「クロエ＝カプドヴィエル・ホシノと申します。普段はフランスの音楽院に通っておりまして、今は夏休みで日本に来ています。今日はよろしくお願いします」

流暢《りゅうちょう》な日本語で言い、ぺこりと頭を下げたクロエは、フランス人形と表現するのがふさわしい美少女であった。

つやつやの金色の長髪に滑らかな白い肌、宝石のような青い目。小柄で細身ではあったが、一目で高級品とわかる濃い赤のワンピースと、鎖骨のあたりに揺れるシルバーのネックレス、そして携えている瀟洒《しょうしゃ》で細長い革鞄からは、何となく圧倒されるようなオーラを感じる。貴族と相対した庶民の気持ちとは、こういうものかもしれない。

「夏目壮太です。普段はここ、藤乃沢で駅員をやっております」

壮太は右手をすっと挙げて頭に持っていく。それからしばし沈黙し、ぺこりと頭を下げた。クロエが長い睫毛《まつげ》をぱちぱちと揺らす。

「あの……質問してよろしいですか」

「どうぞ」

「今、どうして手を上に持って行ったのですか」

壮太はきょろっと目を動かしてから、少し照れつつ答えた。

「制帽を取って礼をしようとしたのです。今日はかぶっていないことを忘れていました」

クロエが微笑み、その顔がぱあっと明るくなった。

「まあ。何だか面白い方ですのね」

「え？　いえ……どうでしょう」

横から及川助役が顔を出す。

「クロエさん。壮太は呑気な性格ですが、駅員としてはなかなかのベテランです。わからないことがあったら何でも聞いてください」

「お気遣いに感謝します、ムッシュ・及川」

「いえ、では楽しんできてください、マドモアゼル」

及川助役は丁寧に礼をすると、壮太の肩をぽんと叩《たた》いた。

「じゃ、頼むよ。壮太」

「はい……では、どこに行きましょう？　クロエさん」

待ってましたとばかり、クロエは答えた。

「ツウキンレッシャ、乗ってみたいです！」

「……え？」

目をきらきらと輝かせ、クロエは身を乗り出した。

「私、ずっと日本の鉄道に興味があったんです。祖父は日本人で、鉄道会社に勤めていました。日本の鉄道はとても素敵だと、常々言っていたのです。だからどうしても、自分の目で見たくて」

「なるほど。そうだったんですね」

納得して壮太は頷く。わざわざ駅で、朝に、待ち合わせした理由がようやくわかった。

東京案内というよりも鉄道案内という話らしい。

「……日本の鉄道に乗ったご経験はないのですか」

「ハイ」

クロエは頷いた。

「あ、長距離移動で新幹線に乗ったことはありますよ。でも祖父も私も、大抵は車移動でしたので。今日も運転手にここまで送ってもらいました。ああ、今から楽しみです。デンシャ。ツウキンレッシャ」

目の前のご令嬢は、どうやらなかなかの名家の方らしい。

「そうですか……お眼鏡に適《かな》うようなものがあればいいのですが」

壮太はちょっと困ってしまった。随分日本の鉄道に期待しているようだが、そんなに素敵なところがあっただろうか。がっかりされなければいいのだが。

「さあ壮太さん、行きましょう！　シンジュクという駅は一度見ておくべきと聞きました、電車に乗って行きましょう」

嬉しそうにクロエは鞄を振りかざし、待ちきれないとばかり小刻みにジャンプした。壮太は頷くと「では一番線へ」と手で示し、一緒に歩き始めた。

「壮太さん。質問してよろしいですか」

「何でしょう」

二人は一・二番線ホームのベンチ脇に立っていた。あたりは乗客で混雑していて、騒がしい。クロエは背筋をぴしっと伸ばし、信じられないものを見る顔で、目の前の光景を凝視していた。

「これは、陸軍《アルメ》の兵員輸送車ではありませんよね？」

「……通勤列車です」

「何かその……特別な……つまり、低級の列車ですか。三等列車とか」

「いえ。普通の列車ですね。みな普通の乗客です」

クロエは数十秒ほども、じっと壮太の顔を覗き込んだ。

「日本の皆さんは、こんな電車に乗るんですの？」

「東京に住む多くの方は、そうです」

「オー……」

ホームに滑り込んできた八両編成の列車。どの車両にもぎゅうぎゅうに人間が詰まっていて、蟻一匹入る隙間《すきま》もなさそうだ。混雑率は二百五十パーセントくらいかな、と壮太は一目見て思う。

ドアの前には人の列ができている。一つのドアに対し、二十人ほどは並んでいるだろう。

壮太は傍《かたわ》らのクロエを見た。

「クロエさん。では、乗りましょうか」

「えっ？」

「あの……電車来ましたけど。乗りましょうか」

「これは、乗れないでしょう？」

そう思いますよね。

壮太は何と言っていいかわからず、曖昧《あいまい》に薄笑いする。

「次の電車をお待ちください、すぐに発車いたします。次の電車をお待ちください」

アナウンスとは裏腹に、サラリーマンたちは開いたドアの脇を摑《つか》み、次々に体を無理やり押し込んでいく。電車の中で人の塊が揺れ、鉄の直方体が身震いしながら新たな客を受け入れる。窓ガラスは人の吐く息で曇り、人々の顔は一様に無表情であった。

「ウソでしょ」

クロエは手品でも見るように絶句し、口に手を当てて立ち尽くしている。遠巻きに見守っている壮太も、よくあれだけの人が入るものだと改めて感心した。背後から一人のサラリーマンが、乗らないのなら邪魔だよとばかり壮太を押しのけて電車へと走る。

「一番線、ドアが閉まります！　次の電車をお待ちください。駆け込み乗車はおやめください、おやめくださーい！」

マイクを口に当て、ホームでは駅員が叫んでいる。

「ドアから人がはみ出してますよ。無茶です。やっぱり乗れませんよ」

クロエの指摘はもっともである。

だがそんな正論は日本のサラリーマンたちには関係ない。クロエが目を丸くして見つめる前で、屈強な駅員たちが駆けていく。乗客がはみ出しているドアに取りつくと、力任せに押してドアを閉める。

「そ、壮太さん……あの人たちは、一体……」

「あれは押し屋ですね」

「オシヤ？」

「見ての通り、鞄や背中を押して、電車の中に詰め込む役割の駅員です。朝夕のラッシュ時にだけ、特別に配置されています。彼らがいないと、いつまで経っても発車できませんので」

みな汗だくになり、必死の表情で乗客を押し込んでいる。押される側の乗客も、苦しそうな顔こそしているが、文句などは言わない。ただされるがまま、トランクに詰め込まれる衣類のように、翻弄されている。

「押し屋がはめている白い手袋はですね、押し込んだ時に自分の手が巻き込まれないようにつけているんですよ」

「……ジゴクですか」

別の駅員が、無事に乗車が完了したことを確認して赤い旗を上げる。それを見て取った車掌が、車掌室から半身を出したまま一つ頷いた。

「一番線、発車いたします」

ベルが鳴り、電車がゆっくりと動き出す。車輪がレールの上でゴトン、ゴトンと音を立てた。ひどく重々しい音、いつもよりずっと遅い加速。乗客が満載のためだ。

「あのう。今日は何かのお祭りとか、そういうわけでは……」

「特にそういった理由はありませんね。通常の通勤の光景です」

「通常？　これが毎日ですか」

「休日や祝日を除けば、そうですね。ラッシュアワーは、だいたい朝で二時間ほど。夕方で三時間ほどは続きます」

「えーと……こういう時の日本語、何だっけ、そう……」

クロエは天を仰ぎ、そして途方に暮れたように額に手を当てた。

「キノドク」

そう思いますよね。

壮太は頷いた。

二本ほど電車を見送り、ようやくクロエは理解したようであった。すなわち、この時間帯の電車はみなこれだけ混んでいるのだと。いくら見送っても、空いた電車は来ないのだと。

「わかりました。壮太さん、次乗ります。次の電車、乗ります」

「無理に乗らずとも、あと一時間半ほど待てばラッシュは終わりますが……」

「いえ。何事も経験です。乗ります」

バンジージャンプに挑む前のように張り詰めた表情で、クロエは言ってのけた。その志は立派である。壮太もまた、死地に向かう兵士のごとく改まって言った。

「では、僕もお付き合いします」

車内の混みようは、壮絶なものであった。

実は、駅関係者が通勤列車に乗る機会はあまり多くない。たいていの場合、退勤時刻はラッシュが過ぎた後であり、出勤時刻はラッシュの前だからだ。ラッシュ時には電車に乗らず、働いているのである。

だからこそこうして乗ってみて、改めて思う。

これが毎日は本当にきつい……。

壮太は、隣で必死に吊《つ》り革に手を伸ばしているクロエを見た。

壮太もクロエも、さほど背の高い方ではない。うねり、傾き、左右に押し寄せる乗客に埋もれてしまう。二人はまるで大海を漂う遭難者だ。必死に首を上げて息をし、押しつぶされないようにもがき、あがく。

「大丈夫ですか、クロエさん」

クロエは蒼白《そうはく》な顔で壮太を見上げた。片手で革鞄を胸に抱き、もう片方の手は指先だけ吊り革に引っかかっている。

その時、列車が大きく揺れた。カーブだ。

車両の左側に乗客が押し付けられる。あちこちで靴が衝突する音や、息を詰まらせるような声が聞こえてくる。カーブを抜けると、右側に揺り戻しが来る。人はドミノのように連なって倒れかかるが、その先にも人がいる。他者の骨と肉という支えによってのみ、乗客は立った姿勢を保っていた。

誰も何も言わなかったが、車内には不穏な空気が満ちている。

みな我慢しているのだ。自分だけではないから、仕方なく我慢している。

「壮太……さん」

クロエが泣きそうな顔になっていた。その手が意味もなく宙をふらふらとさまよっている。先ほどの揺れで吊り革を離してしまったのだ。別の何かを摑むこともできず、かといって腕を体の脇に収めることすらできない。

「クロエさん」

摑まってください。

壮太は自らの手を差し伸べる。その掌《てのひら》をクロエは目で追い、懸命に手を伸ばす。しかし届かない。

無情にもアナウンスが響いた。

「次はさくらが丘《おか》、さくらが丘。ＪＲ常磐線《じょうばんせん》、つくばエクスプレスはお乗り換えです。電車が遅れまして大変ご迷惑をおかけしております、本日も蛍川鉄道をご利用いただき誠にありがとうございます……」

まずい。

車内がにわかに殺気立つ。携帯を覗いていた者はそれをポケットに仕舞い、ドア付近の乗客は体をひねり、開く方のドアに向けて体勢を整え始めた。

壮太は喘《あえ》ぐようにして声を出した。

「クロエさん、来ます。気をつけて」

「ハイ。何に？」

何と言えばいいのか。悩んだ後、告げた。

「雪崩《なだれ》と同じです。勢いに逆らうのは危険です……」

「雪崩？」

人いきれに曇った窓の向こう、さくらが丘駅のホームが見えた。相変わらず並んでいる乗客、そして階段とエスカレーター。列車は速度を落とし、見事な調整で乗車位置の目の前にドアをつける。スピーカーからは車掌の声。

「さくらが丘駅に到着します。ドア開きます」

プシュッと空気圧でドアが開く。

その音は、許容量を超えたダム壁が軋《きし》む音に思えた。ほんのわずかなひび割れに水圧が集中することで、強固なコンクリート製のダムは一瞬にして決壊する——

「アアアアアア」

クロエの悲鳴。

「クロエさん！　流れに身を任せるんですッ」

壮太は叫ぶ。だが、一斉にドアに突撃する乗客の喧噪《けんそう》に掻《か》き消される。

「クロエさん！　クロエさん」

クロエの姿は人波に呑まれ、消えた。

壮太は必死にクロールするように前進し、救出に向かう。

蛍川鉄道からＪＲ常磐線への乗り換えは、さくらが丘駅の悪い意味での名物だ。階段を上がって連絡通路を渡り、再び階段を下らなくてはならない。これだけでも厄介なのだが、問題は連絡時間がほんの数分である点だ。

すなわち、急いで降りて走れば、一本早い電車に乗れる。ゆっくり歩くと、一本乗り逃《のが》してしまう。

一本の差がどれほど大きなものなのかは、壮太には計りかねる。しかしその数分を勝ち取るために、あわよくば残りの通勤における安楽……座席をも勝ち取るために、毎朝サラリーマンたちは常磐線へのスプリントレースに参加する。

そのスタート地点であるドア付近でぐずぐずしていたら、突き飛ばされるのがオチだ。中には紳士的な人物もいるだろうが、関係ない。一人が紳士的でも、後ろから押される。二人が紳士的でも、さらにその後ろから押される。前が見えない以上、ただ進もうとして悪気なく押すものもいる。これは雪崩なのだ。自然現象なのだ。避けようのないものなのだ。

さくらが丘駅のホームに降り立った壮太は、人の流れから離れてあたりを見回した。クロエの姿はない。人の流れは二つに分かれている。濁流のように連絡通路へと向かう流れ、渦を巻くようにいったん降りてドア付近で体を返し、再び乗り込むタイミングを窺《うかが》う流れ。

クロエはどこに行ってしまったのだろう。急流に巻き込まれて常磐線まで運ばれてしまったのだろうか。となるとそのまま品川駅に辿《たど》りつき、さらに京急線に押し込まれ、羽田空港国際線ターミナル駅までノンストップかもしれない。えらいことになった。

唯一の救いとしては、彼女がフランスに帰りたくなったとしてもすぐに飛行機に乗れることくらいだが……。

「そ……壮太さん」

「クロエさん！」

かすかな声を頼りに、壮太は慌てて自動販売機に駆け寄った。二台の自動販売機の隙間に、クロエが一人身を潜めていた。

「生きていて良かった。大丈夫ですか」

「たまたまここに自動販売機があったおかげです。偶然入り込むことができて、命拾いしました。幸運です」

「日頃の行いが良かったか、ご先祖が見守っていてくれたのでしょうね」

「はい……」

表情は憔悴《しょうすい》しきっている。大切そうに鞄を抱え、震えていた。

「あの……」

おそるおそる壮太は聞いた。

「もう一度、乗ります？　通勤列車」

クロエは俯《うつむ》くと、弱々しく首を振った。そして眉間に皺を寄せて、不快そうにこぼした。

「……どうして電車に乗るだけのことで、先祖に守ってもらわなきゃならないんですか！」

「すみません……」

どうしたらいいかもわからず、壮太は謝った。クロエと、クロエのご先祖様に。

ラッシュが収まるまでの間、二人はとりあえず駅構内の喫茶店に避難することにした。

「ツウキンレッシャが、これほど恐ろしい場所だとは思いませんでした」

怒りを隠さず、クロエはがしゃんとお盆をテーブルに置いた。置かれたエスプレッソコーヒーが揺れ、数滴こぼれる。

「我々鉄道会社も様々な対策をしているんですが、なかなか解決できずにいるんです。お客様にはご迷惑をおかけしまして、申し訳ありません」

壮太は窓口でも何度か繰り返してきた文言を述べ、ナプキンでこぼれたコーヒーを拭った。

「本当ですか？　例えばどのような対策が行われているんです？」

クロエは壮太の手つきを横目で見ながら、カップを口に運ぶ。ふとその目が開いた。

「会社にもよりますが……最も単純なものとしては、電車の本数を増やすことです。それから、車両数も通勤時間帯は多めにしています。あとは車両開発ですか。ドアの多い車両であったり、混雑時に座席を折りたたんでしまえる車両であったり……ラッシュ時だけの臨時改札を設置する、といった対策もよく見られますね」

「でも、実際にはあの有様ではありませんか」

クロエの口調はかすかに穏やかになったように感じられた。

「はい……対策が追いつかないんですよ。通勤通学するお客様は、東京では数百万単位ですから。少なく見積もっても四百万人は下らないと思われます」

手にしたクロワッサンを、クロエはぽとんと落とした。

「……待ってください。四百万と言いましたか？　パリの人口が二百万と少しですが」

「ですから、パリの全住民が毎日民族大移動しているようなものです。いえ、その倍ですか」

「なぜですか。なぜそんなに移動してお仕事しなくてはなりません？　電車に乗らずに行けるところに、会社を作れば良いではないですか」

「うーん、その通りなんですが……都心一極集中という仕組みがすでにできあがってしまったので、今更作りかえるのは難しいんでしょうね」

ココアをすすりながら、壮太は言う。

日本人にとっては当たり前でも、やはり外から見れば奇異に感じられるのだろう。

クロエがクロワッサンを半分に千切ると、ふわりと生地が揺れた。先っぽだけコーヒーに軽く浸し、口に運ぶ。

「……美味《おい》しい……」

見てはっきりわかるほど、その表情が柔らぐ。

壮太はほっと息をついた。

「ああ、良かったです」

クロエは少し恥ずかしそうに否定した。

「いや、その。パリで一番のクロワッサンには及びませんよ。ですが……そうですね、思ったよりもずっと美味しいです。パリの平均的なお店以上ではないでしょうか」

「日本のパン業界は、フランスにも学んでいるのでしょうね」

エスプレッソをすすり、ふうとクロエは息を吐く。

「このコーヒーも、思ったよりもずっと美味しかったです。不思議です。電車の中はあんなにひどい有様なのに、駅の中にはこんなに美味しいお店があるなんて。驚いたのは味だけでなく、値段も安いです。総合的に質が優れています」

「海外の方にそう言っていただけると、我々も嬉しいです」

だが満点はあげられない、とクロエは首を横に振った。

「ニューヨークの郊外鉄道では、こういうお店が電車の中にありますけどね。ビジネスマンはそこで朝食を取り、ニュースをチェックしながらゆっくりと通勤します」

「優雅で素晴らしいと思いますが、日本で実現するのは不可能でしょうね……」

この人がホームの立ち食いソバ屋なんかを見たら、どんな反応をするのだろうか。そんなことを思う。

「よくわかりませんね」

上品な仕草で口元を拭《ふ》きながら、クロエは言った。

「おじい様が日本の鉄道の何をもって素敵だと言ったのか、私にはよくわかりません。そこまでではないと思いますが」

「うーん、そうですか……」

それは壮太も同じであった。おじいさんは彼女に何を言ったのだろう。どうしてそこまで日本の鉄道のハードルを上げてしまったのだろう。

「ああ、そうだ。日本の鉄道といえば、かなりダイヤに正確ですね。これはよく評価されていると思います」

壮太はぽんと手を打って口にする。

「そうなんですか？」

「ええ。クロエさん、さっき改札の近くでもらった紙、まだありますか？」

「ああ、はい」

財布の中からクロエは一枚の紙を取り出す。切符より少し大きい程度の紙片には、パンチで何か所かに穴があけられている。クロエは訝《いぶか》しげに紙片を眺めた。

「何なんですか、これは。広告ですか。日本語はあまり読めないのですが……」

「遅延証明書と言って、電車が遅れたことを証明する紙です」

クロエはぽかんと口を開いた。

「……意味がよくわかりません。何のためにそんなものが必要ですか？」

「ほら、〝5〟分のところに穴が開いていますよね。五分の遅れがあったことを意味しているわけです。会社や学校に遅刻しても、この紙があれば鉄道会社の責任で遅れたと言えるのですよ」

数秒固まってから、クロエは両手を宙に浮かべて少しずつ考え始めた。

「待ってください。電車が遅れれば、遅刻は許されてしまうわけですか？」

「そういう会社が多いようですね。その人の責任ではなく、鉄道会社の責任だとみなされるのでしょう」

「つまり、それくらい電車が遅れることはない……？」

「ええ、そうです」

唖然《あぜん》。舌の奥が見えるくらい、クロエは大口を開けた。それから遅延証明書をまじまじと見る。

「五分遅れで、この券が発行されているわけですよね。たったの五分の遅れで、もう配るのですか？　たったの五分ですよ？　こんな券の概念自体が、フランスではありえませんよ。特急列車ならともかく」

「会社によっても異なりますが、蛍川鉄道では、通勤時間帯であれば五分の遅れから配りますね。実はお客さんに見せている時刻表は分単位ですが、実際のダイヤは秒単位で管理されているのです。停車時間が三十秒、この駅からこの駅まで二分四十秒、というように……運転手や車掌、駅員はそのダイヤ通り運行させるために全力を注いでいるわけです。だから五分の遅れとなれば、我々からするとかなりの失態なんですよ」

どうですか、少しは日本の鉄道のいいところも発見できましたか。

壮太は微笑んだが、クロエの眉間にはより深い皺が刻まれた。

「……病的です」

「え？」

その鮮やかな虹彩《こうさい》の瞳が、壮太に向けられる。

「神経質にもほどがあります。まともな人間の行いとは思えません。日本はどうして、こうも窮屈なのですか。パンは美味しいですけど」

「ああ……」

壮太は天を仰ぐ。逆に悪印象を与えてしまったようだ。

「パンは美味しいですけど。パンは」

不満そうにもそもそと口を動かし、クロエはもう一度繰り返した。

クロエは今でも目の前にありありと思い出せる。

「これが、パリで一番美味しいクロワッサンだ」

そう言って赤い頬を膨《ふく》らませ、まるで自分が焼いたものであるかのように、自慢げに三日月形のパンを掲げてみせる祖父の姿を。

「おじいちゃんの可愛い可愛いクロエ、見てごらん」

クロエがまだ小さい子供だった時も、つい数か月前も。祖父はいつだって目元を緩めながら、クロエのことをそう呼ぶ。

「ほうら綺麗な対称だろう。鏡に映したようだね。右や左に形が偏っているものは、クロ《三》ワッサ《日月》ンとは言えない、問題外だ」

「そうね、おじいちゃん《パピー》」

嬉しそうに解説する祖父を、クロエもまた幸せを感じながら眺める。この店のクロワッサンを食べる時、祖父は何度でも同じことを繰り返すのだ。次に何を言うか、クロエはすっかり覚えてしまっている。

「どうだい。真ん中がぷっくりと膨れているね。焼き色は？　素晴らしい《トレビアン》、きらきらと輝くようだ！　さあ、千切ってみよう。ほおら」

　卵を扱うような優しい手つきで、祖父はクロワッサンを二つに分ける。決してナイフは使わず、手で千切るのが彼の流儀だ。外側はカリカリ、内側はふわふわもちもち。かすかに湿った、香ばしい酵母の匂いが溢れ出る。

「柔らかいだろう。中に空間があるのがわかるかい？　こいつが肝心なんだ。多すぎても少なすぎてもいけない。たまにほとんど空間がない、まるでビスコッティみたいなやつがある。あれは論外だ、冒瀆《ぼうとく》だよ、そう思うだろう」

　祖父は片眉をくいっと上げて微笑むと、片方を差し出す。クロエはそれを受け取って、目を合わせて微笑む。

　テーブルを挟んで向き合う二人は、互いに相手の準備ができたのを確認する。タイミングを合わせて、いただきます。

　手の中でまだ温かいクロワッサンを、軽く先端だけコーヒーに浸して、口に運ぶ。三日月の左右のように、対称的な孫娘と祖父の動作。

　さくりと生地を裂いて、歯が入っていく。バターの芳醇《ほうじゅん》な味わい。淡白ながらも力強い、小麦粉の旨味。コーヒーの酸味と香り。

目を閉じ、たっぷりの時間をかけて一口目を楽しんでから、祖父はクロエに笑いかける。そして、必ずもう一度言う。

「これが、パリで一番美味しいクロワッサンだ」

⚜

壮太とクロエは、駅内の喫茶店を出て連絡通路を歩いていた。

「美味しかったんですが、少し食べすぎましたわ。一個全部食べてしまったんですもの」

腹をさすりながら歩くクロエ。少し機嫌を直してくれたようだ。

「朝はあんまり食べないのですか？」

「そうですね。クロワッサンなら半分で十分なんです。さあ壮太さん、引き続き案内をお願いします」

「ええと……また、通勤列車に乗りますか」

おそるおそる壮太が聞くと、クロエの顔にさっと影が走った。そしてぶんぶんと首を横に振ってから、か細い声を返す。

「あれはもう十分です」

「乗らないと、新宿には行けませんが」

「シンジュクという駅は、混雑は少ないですか」

どう答えるべきか。壮太はしばし思案したが、嘘をついても仕方ないので正直に告げた。

「平均乗降客数が世界一多い駅です」

あからさまにクロエがうんざりする。

「どれくらいの人が乗り降りしますか」

「一日に三百五十万人ほどですね」

「……あのう。先ほども言いましたが、パリの人口が二百万と少しですが……」

「ですから、パリの全住民が毎日一つの駅に押し寄せているようなものです。いえ、その一・五倍ですか」

ついさっき繰り返したようなやり取りに、クロエは両の拳《こぶし》を握り、ほとんど悲痛な声を上げた。

「なぜですか。なぜ、そこまでして同じ駅に集まらなくてはいけません？　豊かな人間らしい生活を送らなくて、いいのですか？　日本人は目を覚ますべきです！」

「そう言われましても……」

壮太は頭をかいた。クロエはふうとため息をつく。

「本当は、日本の鉄道の素敵なところを見つけられたらその時に、お礼としてやろうと思っていたのですが……」

そう言ってクロエは、細長い革鞄を膝《ひざ》の上に置き、二重にかけられた鍵を外す。

「何が入っているのですか？」

覗《のぞ》き込む壮太の目の前で、革鞄が開かれた。木の香りを含んだ空気が噴き上がる。そこに入っていたのは、流麗な形をした楽器であった。

「ヴィオラです」

クロエは壮太を振り返って、口の端で笑う。

「クロエさんはヴィオラをお弾きになるのですか」

「ええ。子供の頃から嗜《たしな》んでおります」

さすがお金持ちは違うなあ、などと思いつつ、壮太は何気なく聞いた。

「そういえば、音楽院に通ってらっしゃるとのことでしたね」

「はい。コンセルヴァトワール・ドゥ・パリスですよ」

そうですか、と壮太は頷く。クロエの顔がやや拍子抜けしたものに変わった。ひょっとして、凄《すご》い学校なのだろうか。壮太は慌てて取り繕う。

「ええと、その、お上手なんでしょうね。僕は楽器ができないので、よくわかりませんが」

　クロエの顔は拍子抜けから困惑を通り抜けて、不快一歩手前まで行った。

「もういいです」

　ふんと鼻息荒く言い捨てると、クロエは慣れた動作でヴィオラを取り出した。左手で構え、右手では弓を持つ。背筋がしゃんと伸び、その細い首が音もなく吸いつくように楽器と一体化する。もともと気品に満ちた姿であったが、楽器を携えたクロエには息を呑むほどの風格が現れていた。

　いたって真剣な目でクロエは壮太に言う。

「日本の皆さんには、人間らしい、幸せと余裕に満ちた生活を思い出してもらわなくてはなりません。そのためには芸術です。音楽です。本物の音楽を、聞かせて差し上げます。さあ、案内してください」

「え？」

　壮太は固まり、立ち尽くす。

「早く。お願いします」

　乗り換え客や、清掃スタッフが目を丸くし、いかにも場違いな姿のクロエを見つめながらすれ違っていく。

「あの、クロエさん。案内って、どこに……」

「察しの悪い方ですね。演奏スペースですよ。これくらい大きな駅なら、あるでしょう？」

クロエは不思議そうに首を傾げた。

ありません。

⚜

「おじいちゃん、おじいちゃん」

あれはいつのことだったか。クロエは三歳か、四歳くらいだっただろう。必死に涙をこらえながらクロエが駆け寄ると、日本語の新聞を読んでいた祖父ははっと目を見開いた。

「どうしたんだい」

慌てて新聞を放り出し、祖父は腕を広げてクロエの傍《そば》にやってきた。

「おじいちゃんの可愛い可愛いクロエ、泣かないで」

その温かい胸に抱かれながら、クロエはしゃくりあげた。

「エマがね、意地悪を言うの。私は、バカだって。何にもできないって。だからピアノは触らせないって」

「お隣の子かい？　いつも仲良く遊んでいたじゃないか。どうしてそんなことになったんだ、おじいちゃんに言ってごらん」

祖父は大きな掌でゆっくりと頭を撫《な》でてくれる。涙を白いシャツに擦《こす》りつけながら、クロエは少しずつ話した。

「ピアノを弾いてたから、私もやりたいって言ったの。最初はやらせてくれたのよ。楽しかった。でもね、私が弾いてたら、エマが怒るの」

「どうして」

「楽譜の通り弾かないから、ダメだって」

クロエは歪《ゆが》んだ視界の中で、祖父を見上げた。

「好き勝手に弾いたってうるさいだけって。でも私、楽譜って言われてもわかんなくて……そうしたらバカだって。そんなこともできないなら、ピアノなんか弾くなって……」

優しい目をして祖父は笑う。

「クロエはバカじゃないよ」

「そうよね。エマが間違ってるよね」

「いいや。彼女が間違ってるわけでもない」

「……そうなの？」

祖父は立ち上がると、本でいっぱいの書斎の隅から銀色のケースを取り出した。

「ピアノを楽譜通りに弾くのは、とても難しいことなんだ。エマちゃんはきっと毎日頑張って練習しているんだろう。だから好き勝手に弾かれるのが許せなかったんじゃないかな」

大好きな祖父が自分の味方をしてくれなかったことにクロエは不満を覚え、口を尖らした。

「そんなことないよ。エマは……」

「でもね、おじいちゃんは、クロエのそういう自由な発想が、とても好きだよ」

何重にも鍵がかかった宝箱のようなケースの中から、祖父はくびれた木製の物体を取り出した。見たこともない形。生き物のように曲がりくねっていたが、洗練されたそのシルエット。まるで魔法を見ているような気がした。

「これはヴィオラという楽器なんだ。おばあちゃんが昔、やっていたものでね。とっても上手だった」

長さ四十センチほど。子供の手にはやや余るそれを、祖父はそっとクロエに向けて差し出す。

「この楽器、どうやって音を出すのか、おじいちゃんは知らないんだよ。さあおじいちゃんの可愛い可愛いクロエ、どうやるのか教えてくれるかな？」

いたずらっぽく笑う祖父。高級そうな輝きの楽器を、クロエはおそるおそる受け取った。触れた瞬間、何だか嬉しくなった。思ったよりもずっと軽くて、優しい手触り。小さな動物に触れたような。

「こう……かしら」

クロエは、ヴィオラの腹あたりを拳で叩いてみた。こん、と柔らかい音がする。祖父は目を閉じ、嬉しそうにそれを聞く。

「ああ、いい音だ」

「それともこう？」

張られている弦を指先でこすってみる。きゅっきゅっと、金属質な音。

「それも面白い音だ。素晴らしい。クロエ、君には楽器のセンスがある」

もう涙は引っ込んでしまっていた。嬉しくなったクロエは、裏側を叩いたり、穴の開いたところに手を突っ込んで震わせたり、色々と試しては音を出す。

「おっと」

今初めて気づいた、という様子で祖父はケースの中を覗き見る。

「こんなものも入っていたぞ。何だこりゃ。おそらく、一緒に使うものだろうけど……なあ、これをどう使うのか、わかるかい？」

祖父が困った顔で差し出した弓を、クロエは手に持った。すぐに頭に浮かんだのは、これでヴィオラを叩くということだった。

だけどちょっと待って。叩くなら棒でいいはずじゃない？　なのにこれには、まるで絹のように滑らかで、逞《たくま》しい獣を思わせる細い毛がぴしりと張られている……。

「背中をかくのに具合が良さそうだと、おじいちゃんは思うんだけどな」

祖父の声は耳に入らなかった。

この毛を揺らす？　はじく？　一緒に使うのだから……。

どうしてそうしようと思ったのかは、今となってはわからない。気づいた時には体が動いていた。クロエは片手でヴィオラを持って固定し、片手で弓を持って、擦りつけた。それは正しい動作からはかけ離れていたが、しかし音は鳴った。柔らかく、何層にも重なり合っていて、まるで美味しいクロワッサンのような芳醇な音……。

「凄い。とても素敵な音だよ」

手を叩く祖父。その言葉を待つまでもなく、いい音だとクロエは思った。もう一度。今度は違う音が出た。もう一度、もう一度。繰り返すたびに違う音が鳴る。同じところを擦っても、擦り方や、ヴィオラの持ち方で全然違う音が……。

「ヴィオラは弦楽器と言ってね、ピアノのような音階はないんだ」

夢中でヴィオラをいじって遊ぶクロエを見つめながら、祖父は穏やかな表情で話した。

「ピアノの音階は、鍵盤《けんばん》の数だけ。ドレミの三つの鍵盤なら、ドレミの三つの音しか出せない。でも弦楽器は違う。ドとレの間の音が出せる。押さえ方を微調整することで、その間にあるどんな音だって出せる。滑《なめ》らかに高くしていくことも、一気に低くすることもできる。ヴィオラの音は無限なんだ。ピアノと同じ楽譜でも、そこから宇宙のような広がりを見せる……」

クロエは祖父を振り返る。

「どんな楽器も素敵なんだよ。エマちゃんだって正しいし、ピアノだって素晴らしい楽器だ。でもね、ヴィオラは特に自由で、型にはまらないと思う。おじいちゃんはそこがとても好きなんだよ」

日本人の顔。フランス人とは全然違う。

目が小さくて、鼻が低くて、口がのっぺりとしていて、背が低くて肌が黄色くて……だけど、優しいおじいちゃん。

「おじいちゃんの可愛い可愛いクロエと、そっくりの楽器だからね」

クロエがその言葉を忘れたことは一度もない。

ヴィオラを本格的に学び始めてから、たくさん苦しい時があった。どんなに練習しても上達している気がしない時もあれば、演奏会でバカみたいな失敗をした時もあった。フランス最高峰の国立音楽院、コンセルヴァトワール・ドゥ・パリスへの道は辛く険しく、並み居るライバルと戦い、嫉妬《しっと》し嫉妬され、くじけそうになる自分を何度となく奮い立たせ、厳しく執拗《しつよう》に叱咤《しった》され続けた果てに掴んだものだった。ヴィオラで手に入れたものもあれば、そのために失ったものもあった。

全ては、おじいちゃんに聞かせるため。

クロエを愛してくれたおじいちゃんに、最高の演奏を聞かせて……何度でも、言ってもらうためだった。

「とても素敵な音だよ」と。

そうして、一緒にクロワッサンを食べるのだ。

⚜

「演奏スペースがないんですか？　こんなにたくさんの人が集まる場所なのに？」

クロエは信じられない、という顔で弓を下ろした。

「では壮太さん、私はそのへんで演奏するしかないってことでしょうか」

壮太は頭を下げる。

「申し訳ないんですが、そういった活動は事前に許可を取っていただかないと、難しいです。他のお客様のご迷惑にもなりますので」

一瞬クロエの表情が崩れた。涙ぐみそうであった。

だが、すぐに目元を拭うと、今度は怒り始めた。

「他のお客様のご迷惑ですって？　心を豊かにする音楽が、どうして迷惑になるのです」

「一応、規則ですので。他の方にも守ってもらっているんですよ。言いにくいのですが、無許可の場合、罰金も取られるかと思います」

クロエは弓をぶんぶんと振り回した。

「規則、規則、規則！　ダイヤもぎちぎちで窮屈《きゅうくつ》、電車の中も窮屈、音楽を演奏するのすら窮屈、日本は凄く窮屈な国ですね！」

「そういえば、フランスの駅では、よくアコーディオンとか、ヴァイオリンとか、歌とか……演奏していますね」

「フランスの鉄道に乗ったことがおありですか」

「昔、旅行で一度だけ。空いている時は電車の中でも演奏していました。驚きましたよ」

ぷいっとクロエはそっぽを向く。

「驚くようなことではありません。電車の中は、すし詰めにされたまま時間が過ぎるのをじっと待つような場所ではないのです。人間らしい生活の一部なんですよ。ほんのひと時音楽に耳を澄ませたり、初めて顔を合わせる人と束の間おしゃべりしたり、そういう場所です」

「考えてみれば、フランスと日本の鉄道はだいぶ違うものですね」

文化も、都市の人口も違う。顔を真っ赤にして叫ぶクロエを前にして、壮太は改めてそう思った。彼女の心が狭いとか、そういうわけではないのだろう。ただ、あまりにも感覚が離れているために起きたすれ違いだ。

「日本の通勤列車では、周りの人を見もしません。自分の意識だって殺してます。人間の生活空間じゃないと、最初から諦めてしまっているんです。どれだけ勿体ないことでしょう。どれくらいの時間ですか、通勤。一日に何分かでしょうね。しかしその何分かの人生を、最初から捨ててしまっているんですよ」

申し上げにくいのですが、と壮太は前置きして言う。

「日本のサラリーマンの場合、通勤時間の平均は一時間です」

はあ、とため息が聞こえた。

「……信じられません。同じ人間の行いとは思えません」

クロエはしゃがみ込み、しばらく沈黙する。たっぷり五分ほども経過しただろうか。クロエは沈鬱《ちんうつ》な表情で革鞄に楽器を戻すと、再び鍵をかけた。

「壮太さん。もうわかりました」

心底落ち込んだ声で、クロエはこちらに背を向けたまま言う。

「祖父の言葉をうのみにして、やってきたのが間違っていたようです。もう、十分です。帰りましょう」

「ええと……」

まだ案内を始めてから、一時間少々しか経っていない。

「藤乃沢駅まで連れて行ってください。運転手に迎えに来てもらいます。通勤列車に乗るとしても、少しだけなら我慢できますから」

「すみません、クロエさん。がっかりさせてしまいました」

「いえ、こちらこそごめんなさい。勝手に変な期待をして来てしまったのです。親切に案内してくださったのに、申し訳ありません……」

クロエは鞄を持ち、弱々しく立ち上がるとすまなそうに頭を下げた。先ほどまでの怒りがそっくり消え、別人のように元気がない。よほど落胆したのだろう。

気まずい。

壮太は何とも言えない嫌な唾が喉《のど》の奥から上がってくるのを感じたが、しかし今更挽回する方法も思い浮かばなかった。

「……では、あちらのホームに行きましょう。下り線ですので、さっきよりはずっと空いていると思います」

クロエは弱々しく頷くばかりだった。

⚜

それは今年の二月だった。

祖父の部屋で、クロエはヴィオラを歌わせる。家政婦が置いていったティーカップの水面が揺れる。演奏が終わって弓を弦から離すと、祖父が言った。

「また上手になったようだね。素敵だったよ」

いつものように祖父は喜んでくれたが、クロエの心は晴れなかった。弓を力なく下ろし、息を吐く。

憂鬱《ゆううつ》な理由は二つあった。一つはまだまだ、満足できる演奏には達していないということ。上には上がいて、理想には果てがない。ライバルは急速に上達している。コンセルヴァトワール・ドゥ・パリスで必死に勉強しているとはいえ、焦りがつのるばかりであった。

そしてもう一つの理由は……。

「残念ながら、喉を通らないんだ。香りにだけ、ご馳走様を言わせておくれ」

そう言ってクロワッサンを指し示す祖父の指。やせ細り、色は浅黒い。腕には点滴の管が刺さっている。どちらかと言えば太り気味だったその姿は、骨と皮ばかりになってしまっている。浮き出た喉仏《のどぼとけ》が痛々しい。

「おじいちゃん。病院に行ってよ」

クロエはヴィオラを片づけもせず、立ったまま言った。

「日本の医療って、優秀なんでしょう？　だったら……」

祖父は目を伏せる。

「もう手の施しようがないって、病院を追い出されたのさ。それに、こうして家でゆっくり、一人で過ごす方がおじいちゃんは好きなんだ。時々素敵な孫が、一流の音楽を聞かせに来てくれるしね」

かすれたその声に、クロエは下唇を噛《か》みしめる。

「……だったら、フランスに来てよ。一緒に住もうよ。毎日だって、聞かせてあげるから、どんな曲だって演奏するからっ！」

困ったように祖父は微笑むばかり。クロエは溢れそうになる涙をこらえ、ぽつぽつと言葉を続けた。

「どうしてずっと日本にいるの。お母さんだって、お父さんだって、私だって……おじいちゃんと一緒に家で過ごしたいと思ってるよ。こうして時々、休みの時に来るだけなんて、私……」

「もう、飛行機に乗るのはしんどいよ」

冗談めかして、祖父は肩をすくめる。それでも恨めしそうにクロエが睨《にら》んでいると、ゆっくりと語り始めた。

「お前のおばあちゃんと会ったのは、パリの地下鉄だった」

皺の刻み込まれた手を合わせて、遠くを見るような目で。

「切符の買い方がわからなくてね。戸惑っていると、とても綺麗なご婦人が教えてくれたんだ。『メトロは全線均一料金だから、迷わずそのボタン押せ』とでも言っていたのかな。

でもね、その時は全然フランス語がわからなかった」

「えっ、わからなかったの？」

「うん。でも、おばあちゃんは綺麗な声だった。抑揚といい、間の取り方といい……まるで歌うようでね。だからおじいちゃんは、思わず歌ったんだ。日本の歌を。そうしたら今度はおばあちゃんの方が戸惑ってね。変な顔をされた」

　そりゃ、そうだろう。相変わらずひょうきんな祖父だ。

　クロエはくすっと笑ってしまう。

「おばあちゃんはお前みたいに、ヴィオラのケースを持っていた。そして二度目に会った時、演奏してくれたんだ。おじいちゃんはね、もうすっかり大好きになっていたよ。彼女のあの声が、雰囲気が、パリの地下鉄が、エルメのクロワッサンが、フランスという国が……」

　介護ベッドの上で、祖父は天井を見上げた。

「だけどおじいちゃんは、日本人だ」

「フランスが好きなんじゃなかったの？」

「大好きさ。でもね、どんな楽器も素晴らしいように、フランスも日本も素晴らしい。ほら、窓の外を見てごらん」

広い庭の向こう、いくつもの屋根が続く先に高架線が見える。銀色の電車が、太陽の光を浴びて輝きながら通過していく。かすかにレールと車輪が擦れる音が聞こえてきた。

「おじいちゃんは日本の鉄道が好きだ。利用者だった頃も好きだったし、鉄道会社に勤めるようになってからも好きだった。出張でフランスに行くようになってからは、より好きになった。知れば知るほど……日本の鉄道は日本人らしくて、いいよ」

「……そんなにいいの」

クロエは聞いた。

「フランスよりもいいの？」

「フランスを好きになればなるほど、日本も好きになっていくんだよ。お前もいつか乗ってごらん。新幹線ではない、日本の普通の電車に、普通の乗客として乗ってごらん……おじいちゃんたちが力を合わせて作り上げたものを、感じてごらんよ」

「そうね、いつかね」

日本に祖父を取られてしまうような気がして、クロエは悔しい思いを隠さずに言った。

だが祖父に気にするような素振りはなかった。

「おじいちゃんは日本で死にたいんだ。日本の鉄道を見ながら」

「死ぬなんて……そんなこと、言わないでよっ！」

歯を食いしばるクロエを見て、祖父は片眉を上げた。

「もちろんそう簡単に逝くつもりはないよ。そうだね、お前が世界一のヴィオラ弾き《ブラチスト》だって見つかるまでは、元気でいるつもりさ」

妙な言い回しに、クロエは首を傾げた。

「〝見つかる〟？」

祖父はにっこりと笑った。

「お前のヴィオラは世界一だよ。おじいちゃんにはとっくにわかってる。だけどどういうわけかな、世界はまだお前を見つけていないみたいなんだ。仕方ないね、どんな探し物でも、見つかるまでにはちょっとばかし時間がかかるもの」

「おじいちゃん……」

涙ぐんだクロエを祖父は手招きする。すっかり薄くなってアバラの浮き出た胸板に、クロエは頰《ほお》を押し付けた。

「その時は私に花束を渡させておくれ、おじいちゃんの可愛い可愛いクロエ」

祖父に抱擁されながら、クロエは涙を流した。

初めてヴィオラに触れた時のように、祖父は頭を撫でてくれた。

パリ＝シャルル・ド・ゴール国際空港に降り立った時、電話は鳴った。

祖父の訃報《ふほう》を聞いたクロエは、そのまま顔を覆って床に崩れ落ちた。

⚜

壮太が予想した通り、下り電車は空いていた。

到着した電車のドアが開くと、二人は押し黙ったまま乗車する。

各車両にお客さんは数人ほどだろうか、嘘のようにがらがらの座席を見てとるや、クロエはずかずかと歩いていって座席の中央付近に腰を下ろした。壮太もその隣に座り、ぼうっと窓の外を見る。いい天気だった。

大きな風呂敷《ふろしき》包みを持った中年女性が、後から入ってくる。荷物を網棚《あみだな》に乗せてから、座席の端っこの席によいしょと腰を下ろし、やがてすうすうと寝息を立て始めた。クロエはぼんやりと、その様を見つめていた。

少し気まずかったが、穏やかに時間は過ぎていった。

さらなる問題が起きたのは、藤乃沢駅の改札口までやってきた時であった。

ラッシュアワーは終わりを迎え、改札を行き来する人の数は落ち着いてきている。心なしか、窓口に座っている軍人のように体格のいい七曲《ななまがり》駅務主任の表情も和らいで見えた。

クロエの案内が終了したことを及川助役に報告するため、壮太は窓口事務室に近づき、及川助役を呼んだ。

その時、一瞬だけクロエから目を離してしまった。

「おお、壮太。随分早いじゃないか」

奥の部屋から顔を出した及川助役に、壮太は頭を下げる。

「すみません。残念ながら、クロエさんにはあまり楽しんでいただけなかったようです。もう十分なので、帰ると……」

及川助役は一瞬顔を曇らせたが、すぐに仕方ない、と息を吐いた。

「通勤列車に乗ると言っていた時から、少し嫌な予感はしていたんだ。壮太、お前のせいじゃないよ。初めてあれを見たら、誰だって疲れてしまうさ」

「申し訳ないです。では、クロエさんを連れてきますので……」

そう言って背後を振り返った時、もうことは起きてしまっていた。

クロエがきょとんとしている。

手元と、通路の方を交互に見て、それから困ったような顔で壮太を見つめた。胸騒ぎがした。

「どうかしましたか」

駆け寄ると、クロエが眉を八の字にしておずおずと聞く。

「あの……今、駅員さんが、私の切符を持って行っちゃったんですけれど」

「駅員が切符を持って行った、ですって？」

「はい。切符を見せてくれ、と言われましたので、渡したら……」

「検札ということですか？」

そんなはずはない。駅構内で突然、駅員が検札を行うなんてことは基本的にない。

「あの……私の切符……」

壮太の表情を見て、クロエは不安げに首を傾げた。

「クロエさん、確認させてください。検札と称して切符を取られたのは、ついさっきのことなんですね？　車内検札……電車の中ではなく？」

「はい。ついさっきです。男性でした。その人はあっちに歩いて行って……人ごみに紛れてしまいました」

クロエは通路の方を指さした。通路は左手にトイレ、右手にはエレベーターが設置されており、奥はホームに降りる階段と繋《つな》がっている。壮太の背中でぞわりと冷たい汗が流れた。

　だとしたら、可能性は一つしかない。

　偽駅員だ。

「駅員を騙《かた》って切符を取るだなんて……信じられません。もう、最悪です。こんな国、信じられません。来るんじゃなかった！」

　事務室の中で、クロエはまだ怒っている。無理もないだろう。偶然ではあったが、彼女にとって嫌なことが連続して起きすぎた。ずっと「信じられない」と繰り返すばかりで、会話にならない。

「ごめんなあお嬢ちゃん。もう少しここで待っていてくれ。今、探してるからよ……」

　強面《こわもて》の七曲主任がお茶を出してなだめるその後ろで、壮太と及川助役は首をひねっていた。

「駅構内にいないとなると、やはり電車に乗って逃げたと考えるべきでしょう」

「それはそうなんだが……」

　及川助役は涼しげな目元を寄せ、鉄道電話をちらりと見る。

「まだ、何の連絡も来ないんだよ。偽駅員が逃げてから十五分は過ぎているのに」

「それはおかしいですね……」

「佐保、戻りました！」

溌剌《はつらつ》とした声。小さな体とくりくりした目、赤くなった頬が小動物を思わせる女性駅員、中井佐保が事務室に入ってきた。

「どうだった」

及川助役の問いに、佐保は首を横に振った。

「いません。構内を二周回って確認しましたが、やはり偽駅員は見当たりません。もう電車に乗ってしまったんですよ、きっと」

「壮太と同じことを言うんだな。だが、まだどの駅からも連絡がないんだよ。これはおかしいだろう？」

「え、まだですか？　変ですねえ……」

事件が発生してすぐ、及川助役の指示で近隣の駅に連絡がなされた。

――九時五十二分、藤乃沢駅にて偽駅員が出没。電車に乗って逃げた可能性があり、上下線における車内点検を要請する。

連絡を受けた駅では、駅員をホームに派遣する。そしてやってきた電車を待ちかまえて、ドアが開くと同時に中に踏み込んで確認するのだ。もし駅員の制服を着た怪しい人物が乗っていれば、その場で御用となるはずなのである。

しかし、発見したという連絡はない。

藤乃沢駅を発車した上下線の列車が、それぞれ隣駅に着く時間を過ぎても、隣の隣の駅に着く時間になっても、未だに何の連絡もない。

鉄道電話が鳴った。壮太が素早く受話器を取る。

「はい藤乃沢、夏目です」

「こちら竹ヶ塚、越智《おち》です」

しわがれた声が聞こえてくる。

「先ほどの偽駅員の件ですが、竹ヶ塚では全車両点検、および改札前で注視していましたが、それらしき人物は今のところ発見できません」

「そうですか……ありがとうございます」

「以上です。では」

淡々と言い、隣駅の駅員は電話を切った。

すぐに別の電話が鳴る。これは佐保が取ってしばらく話したが、やがてため息とともに受話器が置かれた。

「草間《くさま》駅の田井中《たいなか》さんからでした。やっぱり、偽駅員は見当たらないそうです」

「妙だな……翔はまだ、トイレで見張ってるんだよな？　代わりを送るから、一度呼び戻してくれ」

及川助役の指示に従い、駅員の楠《くすのき》翔が事務室に入ってきた。端整な造作、すらりとした鼻に、綺麗な肌。背は高く、どこか気品もある。美男子に間違いないのだが、ほんのりと漂う便所の臭いが全てを台無しにしている。

「どうだ翔、トイレに何か異常はあったか？」

やはり翔も首を横に振った。

「何もありませんでした。閉まったままの個室もないですし、ゴミ箱に駅員の制服が入っているということもありませんでした。もちろん掃除用具置き場も確認しましたよ。ゴキブリが一匹いただけです」

「トイレに潜んでいる、という可能性も否定されたか……改札前は七曲君がずっと窓口事務室から見ていたわけだし、残る可能性は……」

あごを指先でつまむようにして及川助役は呟く。

「トイレで制服を脱いで、私服に着替え、出て行ったとしたらどうでしょう？　制服を鞄に詰めてしまえば、わかりっこありませんよ」

「翔、もちろんそうなんだが今回はありえないんだ。なあ、壮太」

翔と及川助役の視線を受けて、壮太は答える。

「はい。僕、クロエさんが偽駅員に切符を取られたと聞いてすぐ、男子トイレを確認したんです。トイレの中には誰もいませんでした。もちろん個室の中にも、多目的トイレにもです。偽駅員が切符を取ってからほんの数十秒しか経っていなかったはずですから……犯人がトイレで着替える猶予はなかったと考えていいです」

　自説に自信を持っているのか、翔は食い下がる。

「だけど。犯人は、物凄い早着替えの達人だったかもしれない」

「ちょっと無理があるんじゃないでしょうか……」

「うーん、じゃあこれはどうだ？　犯人はジャンパーを着たんだ」

「ジャンパー？」

「いや、別にジャンパーでも何でもいいんだが、上着を着るんだよ。駅員の制服の上から。制帽を鞄にしまって、分厚くて丈の長い上着を着てしまえば、一見駅員だとはわからなくなる。そうだ、これだよ。これならトイレに入らなくたって、一瞬で外見を変えられる。犯人はそうやって逃げたんだ！」

「……この真夏にですか？　余計に目立つと思います。厚着して汗をかいているような人物がいれば、車内点検で見つかりますよ」

「うーむ」

翔は腕組みをして考え込む。その顔もまた、秀麗であった。

「じゃあ、わかんないや。後は……そうだな、ワープしたとか……」

言っていることは適当極まりなかったが。

「車内点検に見逃しがなかった、という前提に立てば」

及川助役が話を整理するように立ち上がる。

「可能性は二つだ。一つは、偽駅員は電車に乗らずに逃走した」

「つまり、ホームから飛び降りて、線路の上を逃げたってことですか？　それはさすがにないんじゃ……」

薄笑いしつつ、佐保が言った。

「そうだな。走り続ければ、藤乃沢駅と竹ヶ塚駅の間、踏切から外に出ることはできる。しかしこの時間帯に、誰にも注目されずに逃げ切るのは難しいだろう」

「そうなんですよね。私、何人かお客さんにも聞いてみましたが、おかしな素振りの駅員なんて見ていないって言うんですよ。駅員がホームから飛び降りれば、誰かしら目撃していると思うんです」

及川助役は頷いて続ける。

「じゃあもう一つの可能性だ。犯人はまだ逃げていない。この駅構内のどこかに隠れている。それはトイレ以外のどこかで、数回往復して確認したくらいでは見つからないような場所だ」

「……そんな場所、ありますかね……」

誰もが心の中で思ったことを、佐保は正直に口に出した。

「すぐには思いつかなくても諦めるな。よく考えるんだ。魔法みたいに人が消えるわけがないんだから」

重々しい声で及川助役が言い、再び椅子に腰を下ろした。

七曲主任も、翔も、佐保も、腕を組んで考え込む。みながうーむと唸《うな》る音ばかりが室内に響いた。

壮太はおそるおそる、奥の椅子に座っているクロエを見る。彼女はすっかり消沈した様子で、俯いて黙り込んでいた。怒るのに疲れたのか、あるいは相当ショックを受けてしまったのか。

ふうと息を吐き、今度は改札口の方を眺めてみる。

構内に立っている、二人の男性と目が合った。着古したシャツ、ぼろぼろのズボン、伸び放題の髪と髭《ひげ》。手には雑誌の束を持っている。この近辺で暮らしているホームレスの、マツさんとヒゲヨシさんだ。

　壮太を見ると、マツさんは慌てて目を逸らした。二人はよく入場券で入っては、ゴミ箱を漁っていく。ゴミを散らかすことはなく、むしろ簡単な掃除までしていってくれるので、藤乃沢駅ではほぼ黙認されている。暇な時は雑談をしたりもするのだが、今は構っている余裕はない。

「いいか、これは重大な問題なんだ。たったの切符一枚だからといって、見逃すわけにはいかない」

　及川助役の声が聞こえてきた。

　そうなのだ。偽駅員は、重大事件だ。壮太は見慣れた景色にぼんやりと目を泳がせながら、考え始めた。

　そもそも駅員の制服は会社からの貸与品であり、厳重に管理されている。

　支給された制服には、一人一人が名前を書き込んで大切に扱う。そして異動や退職などで制服が必要なくなった場合には、会社に返却するのだ。紛失などしたら、始末書ものである。

　どうしてそこまでするか。

それは駅員の制服に力があるからである。

あの制服を着ているというだけで安心し、心を許してしまう人は多い。詐欺などの犯罪に繋がってしまうのだ。それればかりでなく、例えば運転士になりすました人間に電車を運転されたら大事故に繋がるし、指令室に潜入されたらテロに発展しかねない。

盗まれたのがたかが切符一枚とはいえ、捨て置くことはできないのだ。

「だけど……変だな」

壮太は思わず独りごちた。

偽駅員は、駅員の制服を持っているわけだ。何らかの方法で手に入れたのだろう。それを着て駅員になりすまし、詐欺を働いたとなれば犯罪である。

手が後ろに回るリスクを冒しながら、騙し取ったものがたった切符一枚だけというのは、随分と規模の小さい悪事ではないだろうか。

偽駅員がクロエから奪ったのは、藤乃沢駅から新宿駅までの切符だ。お値段五百円ほど。そんなものを手に入れて、どうするのだろう？

切符は払い戻しを受けることができるから、現金に似た価値があるとも言える。だが、未使用でなければ基本的には受け付けてはもらえない。払い戻し手数料もかかる。

「やっぱり変だ……」

考え続けている及川助役やほかの駅員をその場に残し、壮太はクロエの目の前にまで歩み寄った。

「クロエさん。一つお聞きしたいのですが」

「……何ですか」

突き放すような声、泣き腫《は》らした目のクロエに一瞬ひるむが、しかし聞く。

「その革鞄の中に入っているヴィオラは、どれくらいの価値があるものですか」

「これは予備として買ったものなので、そう高くはありません。百万円と少々です」

それは高い部類に入ります。口には出さず、壮太は頷いた。

やはりそうだ。

「何か、それが関係ありますか」

弱々しい声で聞くクロエ。

「はい。おかしな点を見つけました。偽駅員が本当に悪事を働くつもりであったとしたなら……その楽器の方を騙し取ったはずなんです」

「その方には価値がおわかりにならなかったのでは？」

「そうだとしても、クロエさんの切符一枚よりは、まだ革鞄の方を選んだはずでしょう。切符一枚だけ取ってしまうというのは、奇妙です」

「何をおっしゃりたいのです、壮太さん。私が、嘘をついているとでも言いますか？」

クロエが座っている椅子ががたんと音を立てた。慌てて壮太は否定する。

「いいえ。ただ……これは偽駅員にとっても、想定外の出来事だったのではないかと思うんです。そうですね、最初から盗もうとしたわけではなかったのかもしれません……」

「どういうことです？　結論を言ってください」

「まだはっきりと答えは見えないのですが、ここから考えていけば……」

壮太は目を閉じ、口元に手を添えて思考を巡らせた。もう、謎は解ける寸前まで来ている予感がある。あと一つ、あと一つ何かヒントがあれば。

黙り込んでしまった壮太を見て、クロエは畳み掛けた。

「私を疑っているんですよね？　心外です。本当にもう、駅員がお客を疑ってかかるのは、フランスも日本も同じですね！」

駅員がお客を疑ってかかる……？

「あ」

壮太はぽんと手を叩いた。

「そうでしたか。そうですね。クロエさんはフランスから来られたんですものね」

「……何ですか、一体」

戸惑うクロエ。二人の様子を窺っていた及川助役たちも、こちらにやってくる。

「どうした壮太。思いついたのか、偽駅員の潜んでいそうなところを？」

「いえ。場所に心当たりはありません。ですが僕たちは、最初の時点で大きな勘違いをしていたかもしれないんですよ」

「大きな勘違い、だって？」

「はい。だとすると……クロエさん。だいぶ落ち着かれましたね。ずっとお聞きできませんでしたが、改めて教えていただきたいことがあるんです」

壮太は微笑みながら、クロエに持ちかける。クロエは不思議そうに瞬きした。

「偽駅員の風貌、外見について、詳しく教えてもらえますか？」


壮太の質問とほぼ同時だった。

「あのォ」

おずおずと、猫背になりながら男が二人、窓口にやってきた。ホームレスの男性たちだ。

「どうしたマツさん、ヒゲヨシさん。悪いけど今ちょっと取り込み中だよ」

七曲主任がすまなそうに言う。それを見ていたクロエが、目を見開いた。

「ああっ！　この人です！」

立ち上がり、指をさす。その白い指はまっすぐにマツさんに向けられていた。

「私の切符を取った偽駅員はこの人です、間違いありません！」

「ええっ？」

及川助役も思わずのけぞった。壮太を除く他の駅員たちも同じだった。

「ホ、ホームレスのマツさんが？　一体どうしてッ……？」

口に手を当てる佐保。

「いや、いやあ、違うんだ、その、ごめんよ」

細身のマツさんが怯《おび》えた表情で両手を振る。その横で下腹の出たヒゲヨシさんが、ぺこりと頭を下げた。

「こいつも悪気があってやったわけじゃないんだ、俺に免じて許してやってくれよ。ほらマツ、さっさと返せ」

「本当にごめんよ、どうしたらいいかわかんなくて、その……俺……と、とにかく返すよ、これ」

おそるおそる、といった感じで差し出されたマツさんの手には、確かに藤乃沢駅から新宿駅までの五百二十円の切符があった。間違いない。クロエが持っていたものだ。

「マツさん、一体どこで駅員の制服を手に入れたんです。そして、どうやって着替えたんですか。マツさんは早着替えの達人だったんですか」

翔がまじまじとマツさんの顔を覗き込む。

「え？　制服って何のこと？　俺は……」

「うん、やっぱりそうだったんですね」

壮太は頷いた。クロエは状況を把握できないのか、きょろきょろとしていた。

「どういうことなんだね、壮太。わかっているのなら、説明してくれないか」

制帽を浮かせて髪を撫でながら、及川助役が聞いた。

「やっぱり、僕たちは勘違いしていたんです。偽駅員はそもそも、制服を着ていなかったんですよ」

マツさんとヒゲヨシさんにはいったん事務室に入ってもらい、壮太は改めて説明を続けた。

「偽駅員と聞いて僕たちは動揺しました。早く見つけなければ大問題になりますから、慌てて捜索に動いてしまったんです。それに、クロエさんも詳しいお話を聞けるような状態ではありませんでした。だから僕たちは、たった二つの情報だけで捜索をしていたんです。偽駅員であること。男性であること。これが失敗でしたね」

全員が固唾《かたず》を呑んで話を聞いている。

「だから偽駅員は男子トイレで制服を着替えたかもしれないとか、ホームから飛び降りて逃げたとか、ジャンパーを着たとか……推理があらぬ方向に迷走していってしまったんですよ」

翔が手を上げて質問する。

「ちょっと待ってくれよ。偽駅員がいたのは事実だろう？　何も間違った情報じゃない」

「いえ、僕たちは間違いました。偽駅員はすなわち、駅員の制服を着ていると思い込んでしまっていたんです」

「……え？」

目を白黒させてから、翔はクロエをじっと見る。クロエもまた、首を傾げていた。

「そうです。ヨーロッパの多くの国には、私服駅員がいるんですよね」

「そ、そうなのか？」

驚くようなことですか、という顔でクロエは頷いた。

「たくさんいますよ。私服駅員」

「だからクロエさんはマツさんを私服駅員と勘違いしたってことか……いや、待てよ。それでも変だって。だってマツさんはホームレスだ」

ちょっとだけマツさんに気を遣いながら、翔は続ける。

「服は泥だらけ、ズボンはぼろぼろ。髭《ひげ》も髪も伸び放題だ。どう見たって私服駅員なんかじゃない。そうだろう?」

「一応これでも、たまに洗濯してるんだぜ……」

ぼそりとマツさんの声が聞こえた。

「それも僕たちの思い込みなんですよ。ホームレスの格好だからって、私服駅員ではないとは限らないのです。いや、というよりはむしろヨーロッパの駅員は、全力で乗客を騙してくるんです。そうですよね、クロエさん」

クロエはかすかに頷く。困惑しているのは翔だ。

「だ、騙してくるってどういうことだよ」

「向こうの駅員はタダ乗りしている人間がいないか、常に疑いの目を向けているんです。だから抜き打ち検札は日常茶飯事。それもかなりいやらしい手法を用いてきます。例えば、ぐでんぐでんに酔っぱらった顔で、スーツをぐちゃぐちゃに乱して着て、席にだらしなく座っていた男が……突然立ち上がり、切符を見せろ《チケット・プリーズ》！　と要求してくるわけですね」

翔が絶句した。

「日本の車内検札と、随分違うんだな……」

「日本は制服を着た車掌が、車両に入った時にぺこりと頭を下げて〝切符を拝見させていただきます〟ですもんね。そんなことはありえません。他にも、メタルバンドの恰好《かっこう》に身を包み、顔をペイントした若者が突如として社員証を見せて、切符を見せろと迫ってくることもありますし……仲良さそうに手を握って見つめ合っていた老夫婦が、列車が動き出すなりやはり二人とも社員証を見せて、切符を取り上げたりもします」

「そこまでして乗客を油断させて、違反を取り締まろうとするのか」

「かなり高圧的なものですよ。疑って失礼しました、という態度ではありません。どうやらうまく切り抜けやがったな、だが次は覚悟しろよと言わんばかりの人が多い。どうしてなのかよくわかりませんが、文化の違いなんでしょうね」

「日本では……違うのですか？」

　クロエが壮太を見つめた。

「そうです。そんな駅員はまず、いませんよ。いたとしてもごく少数でしょう……その違いのために、クロエさんはマツさんを駅員だと思ってしまったのですね」

「そんな……そんなことって」

　クロエは大きな目をより大きく開き、戸惑っているようだった。

ありえない。

信じられない……。

困惑するクロエの目の前で、ぼそりと声がした。

「俺が悪かったんだよ」

マツさんが、歯の何本か抜けた口を開く。

「べっぴんさんの外人の御嬢さんがいたからさあ、ちょっと気になって、ついその、話しかけちゃったんだ。嫌そうな顔をされたら、すぐ退散するつもりだったんだ、ほんとだぜ……」

でもさ、とマツさんは俯いた。

「どこまで行くんですかって聞いたんだ、そしたらさ、すぐに答えられないみたいだった。でも、追い払われる感じじゃなかったから、その……その切符見せてよって言ったんだ。好奇心だよ、ほんとに。行き先を知ろうとしただけなんだ。でも、あっさり渡してくれて……」

「クロエさんは検札と勘違いしたわけです。高圧的な、ヨーロッパのような駅員による検札だと」

　壮太が横から補足する。マツさんは絞り出すように言葉を繋げた。

「渡してはくれたんだけど、凄く邪険にされたんだ。ぐい、と押し付けるような感じで。だから俺、どうしたらいいかわかんなくなっちゃって……女の子の顔と切符を見比べたけどさ、不快そうな顔されてるから。これ持って、どっか行けって言われたのかと思って。だから……俺、ホームの方に行っちゃったんだ。切符、持ったまま」

「そこで俺と会ってな」

　もう一人のホームレス、体格のいいヒゲヨシさんが手を開いて言う。掌は真っ黒に汚れていた。

「マツが何やらぐだぐだ言っていたけど、お前そりゃ泥棒だ、とにかく返せって言ったんだよ」

「うん。ヒゲヨシが一緒に来てくれて、窓口まで来たけど……もう、騒ぎになってて。で、俺……俺……」

　ほとんど涙ぐみながら、マツさんは頭を下げた。

「ごめんなさい。盗むつもりはありませんでした……」

ヒゲヨシさんも、深々と頭を下げた。ばさりと伸び放題の髪の毛が揺れる。

「御嬢さん、マツは気が弱いだけで、盗みをするような奴じゃない。だが、迷惑をかけたのは本当にすまんかった、どうか、許してやっちょくれ」

「そ、それは……許すも、何も」

クロエは困惑していた。目の前で謝罪する二人のホームレスに、慌てて言う。

「その、私も日本をよく理解していなかったのが悪いわけですし……それに、よく考えればきちんと社員証を確認すべきでしたから……」

語尾は曖昧に消える。その手に、マツさんが切符をそっと乗せた。

帰ってきた。私の切符、帰ってきた。

自分の不用心と勘違いで手放した切符が、今ここに戻ってきたのだ。

「壮太さん」

クロエは横の壮太を見上げ、震える声で聞いた。

「はい？」

「先ほど、乗客を疑ってかかるような駅員はほとんどいないとおっしゃいましたが……」

「そうですね。少ないと思いますよ」

「どうしてですか。どうして疑わないのですか。おかしいですよ」

タダ乗りを企む人間はどこの国にでもいるはずだ。どうして乗客を無条件に信頼しているのか。

「どうしてと言われましても……」

がたん、と椅子が鳴った。クロエは立ち上がっていた。

「おかしいです。おかしいことばかりです。電車のダイヤだって、あんなに混んでいるのにたった五分遅れるだけでも、アナウンスで謝ってました。遅延証明書だって発行します。おかしいですよ、どうしてそこまでするのですか？」

乗客も乗客だ。どうして無条件にそこまで鉄道会社を信用する？　フランスでは、遅れることも見越して電車に乗るのが当たり前だ。最初から疑ってかかるべきなのだ、乗客も、駅員側も。

なのにこの国では、そういった意識が全く欠如している。

「ええと、それも何と答えればいいか……」

この目の前の壮太という駅員はもごもごと言うばかり。

そうだ、この人だって。

私のわがままでお願いした東京案内を、嫌な顔一つせずに引き受けてくれた。ツウキンレッシャに乗りたいとか、新宿に行きたいとか、私の願いを全部叶えようとしてくれた。

じゃないか。

途中で勝手に私が嫌になって、切り上げたいと言った時も、仕方ないと受け入れてくれた

チップの一枚も受け取らずに。

どうなってるの。

「とにかく、僕たちはお客様を信頼していますし、同時にお客様に信頼されていることを、誇りにもしているのです」

困ったように壮太は言って笑った。

「なぜとか、理由はよくわかりません。無条件にそうしていますね。そりゃもちろん違反をされる方には、厳しく接しますが」

無条件の信頼。本心からの言葉なのだろう。肩に力が入っているわけでもなく、特別な対価を求めているわけでもない、その笑み。

いつも優しかった祖父の笑顔が、その顔に重なって見えた。

ヴィオラの鳴らし方一つ知らなくても。コンクールで失敗しても。コンセルヴァトワール・ドゥ・パリスで伸び悩んでいても。どんな時でも、いつだって、クロエの演奏を世界一だと無条件に信じてくれていた祖父の顔が……。

「ど……どうして、ですか……どうしてなんですか！」

ふとよぎった愛する人の幻影に、喉が震えた。視界がかすかに滲《にじ》み、歯が震えそうになるのを必死にこらえ、クロエは聞いた。

聞かなくてはならなかった。

一体どうして、そんなことができるのか。

壮太はしばし宙を仰いで考えてから、その黒い目をクロエに向けて応えた。

「それが、日本という国なんですよ」

はっとクロエは息を呑んだ。

祖父の言葉が頭の中で浮かんでは消える。

――日本の鉄道は日本人らしくて、いいよ。

いたずらっぽい笑顔。

――おじいちゃんたちが力を合わせて作り上げたものを、感じてごらんよ。

そうだったのか。こんなところに、あったのか……。

片眉を上げてきょろりと目を剝く、おじいちゃんのあの表情。

――どんな探し物でも、見つかるまでにはちょっとばかし時間がかかるもの。

おじいちゃん。

クロエは下唇を嚙んだ。

そうしないと、我慢できそうになかった。

だめ。こんなところでいきなり泣いたら、変だよ。

自分に必死に言い聞かすものの、目からは温かいものがこみ上げてくる。しゃくりあげ、声を震わせながら、クロエは顔を覆った。

不思議だった。おじいちゃんを感じる。あの匂いも、温もりも、ありありと思い出せる。

悪戯《いたずら》好きだったおじいちゃんが、こっそり隠しておいてくれた宝物が、思わぬところから出てきたような。それは温かくて、心地よくて、豊かで……まるでパリ一番のクロワッサンの香りのように心に入り込んで、満たしていく。

おじいちゃん。

「その時は私に花束を渡させておくれ、おじいちゃんの可愛い可愛いクロエ」

耳元でもう一度、声が聞こえたような気がした。

⚜

翌日。

いつものように朝のラッシュアワーを捌《さば》き切り、壮太は事務室の奥でほっと一息ついていた。目に見えて行きかう人が減り、構内は静けさすら感じられる。さんさんと輝く太陽が駅をじんわりと熱していた。

「お疲れ、壮太」

及川助役が話しかけてきた。

「お疲れ様です」

「昨日はどうもありがとうな。クロエさん、機嫌を直してくれたみたいだった。私も偽駅員が存在しなくて、ほっとしたよ」

「いえ。彼女が日本の鉄道を見直したのは、僕の力じゃありません。先輩方が積み重ねてきたものが伝わったからですよ」

「相変わらずそつのない言い方をする奴だな、お前は。まあいい。約束通り、今度寿司でも行こう」

「シメサバばかり頼んでも構いませんか」

「いいけど……渋いネタが好きなんだな……」

窓口の方からよく通る、野太い声がする。

「おーい壮太、お客さんだぞお」

七曲主任の声だ。

「はい、ただいま」

　制帽をかぶって駆けつける。窓口でこちらを向いている人影を見て、壮太ははっと立ち止まった。

「クロエさん」

　クロエだった。深緑のワンピースの上に白いカーディガンを羽織っている。手にはやはり革鞄。昨日とはまた雰囲気の異なる出で立ちだったが、こちらも良く似合っていた。つくづく、美しい人だと思った。

　やや気まずそうに頬を膨らませ、口を尖らしてクロエは言う。

「壮太さん。少し、お話よろしいかしら？」

「はい。何でしょうか」

　窓口脇の扉を開き、壮太はクロエの傍に立つ。その姿をじっと見つめ、なぜかクロエは顔を赤らめた。

「……あなたの制服姿、かっこいいですね」

「そうですか？　昨日クリーニングしたばかりなので」

「いいですね。制服……信頼の制服ですか……」

　もじもじしながらそう言うと、クロエは思い切ったように頭を下げた。

「昨日はごめんなさい。そしてありがとうございます。おかげで私、日本のいいところを見つけてフランスに帰ることができます」

　壮太は微笑んで返した。

「良かったです。せっかくなら、そうしていただきたかったので」

「思えば昨日の私は、祖父を日本に取られてしまった悔しさから……冷静な目で日本の鉄道を見られていなかったかもしれません」

　取られた？　よく意味が分からず壮太は戸惑ったが、クロエはそのまま続けた。

「日本の鉄道の良さに気付くタイミングは、いくらでもありました。私はそれを見逃していました」

「そうなんですか。例えば、どんなところですか」

　ふふ、と小さくクロエは笑う。

「日本の乗客は、電車の座席に端から座っていきますよね」

「ああ、そうですね。フランスでは違いましたっけ」

「はい。乗客はみな、座席の中央から座っていきます。端に座るのは怖いからです」

「あ、そうか……盗難ですか」

　クロエは頷いた。

「そうです。端の席に座っていると、発車寸前に荷物をひったくられて、ドアの向こうに逃げられるかもしれません。それから、あの荷物を置く棚もありえません」

「網棚ですね。確かにあれも、盗もうと思えば盗めますもんね」

「端の席に座り、網棚に荷物を置いて、電車の中で眠れる……そんな電車は、世界では少数です。でもそれが日本では当たり前。日本には、信頼が根付いています。どんな人の心にもそれがあって、満たされてます」

照れくさくなり、壮太は頰をかいた。

「光栄です」

「私は考えを改めました。空港まで車で行くつもりでしたが、電車で行ってみようと思います。ね、じいや？」

そこでようやく壮太は、クロエの後ろに立っている人物に気がついた。

大きなキャリーケース、それからリュックサックと手提げ鞄が一つ。おそらくクロエの私物である大荷物を、品の良い笑顔の老紳士が持っていた。

「それはそれは……気に入っていただけたようで嬉しいです」

クロエは釘を刺すように人差し指を上げてみせる。

「でも、勘違いしないでくださいね。日本の全部を好きになったわけではありませんよ」

「そうなんですか」

「ええ。音楽の演奏すら許可が必要なんて、やっぱり息苦しすぎますよ。それからあのツウキンレッシャ！　狂ってます。病的です。心に余裕がなさすぎます！　あんなものに貴重な時間を使うのは、大いなる無駄です」

やっぱりそうだよなあ。壮太は頭を垂《た》れる。

「……返す言葉もありません」

「そうでしょう？　悪い所は悪いと、認めてくださいね。フランスの鉄道だってマイペースで、余裕があって……素敵なんですよ」

クロエはその青い目をまっすぐに壮太に向けた。青空、あるいは海を思わせるようなその瞳。自由で、しかし力強いまなざしだった。

ぐいと、クロエは手に持った一枚の紙片を壮太の鼻先に突き出した。

「これは……？」

壮太は紙片を手に取って見る。

「ヴィオラ協奏曲を聞いたことがありまして？」

紙はコンサートのチラシだった。紙の中では清楚《せいそ》な白いドレスに身を包んだクロエが、ヴィオラを手に微笑み、こちらを見ている。

「来月に日本で行われるコンサートです。もちろん私も出ます。受付で私の紹介だと言えば無料で入れるようにしておきますので、良かったら、その……」

クロエは恥ずかしそうに、俯いて口ごもった。

「行きます。きっと」

壮太は言った。クロエがその形の良いピンク色の唇を上げる。

「その時はフランスの空気、人生の豊かさ、お教えしますわ」

……では、また。

クロエは上品な動作で片手を上げた。細くて長い指。芸術家の指だ。背後で老紳士が柔和な笑みを保ったまま会釈する。

壮太も右手をすっと上げて頭に持っていく。昨日と違って、そこには制帽がある。慣れた動作で帽子を取り、ぺこりと頭を下げた。

「蛍川鉄道をご利用いただき、ありがとうございます」

# 幕間　電話友達の直子と純一

今日も暑い。

そのせいで電車の中は冷房が効きすぎて、ちょっと寒いくらいだ。

本間直子はぼんやりと車内を見回した。

優先席と表示された席に、お婆さんが一人座っている。鞄を膝の上にのせ、両手で押し戴《いただ》くようにして俯いていた。窓の向こうではのどかな田園風景が流れていく。

乗る時、行先表示板には東葉勝田台《とうようかつただい》と書かれているのが見えた。

地下鉄東西線の車両が、こんなところまで走っているなんてね。

やがて電車が駅に滑り込む。ホームに降り立ってすぐ、直子は携帯を取り出して電話をかけた。

「やあ、純一」

「ああ直子、おはよう。もうすぐ電車に乗るところなんだけど」

「迷惑だったら出なくてもいいよ」

「いや。どうせ出るまでかけ直してくるでしょ」

「さすがにそこまでしないよ……どう、元気？」

「まあね」

「仕事、うまくいってる？」

純一がしばらく沈黙した。やがて、虚勢を張ったような声が聞こえてきた。

「まあ順調だよ」

「ふうん……そう」

「直子は？」

「私もまあ、ぼちぼち」

「そう。また飯でも行きたいね」

「行きたいんだけどな。今はちょっと無理で」

「そういえば東京にいないって言ってたね。会社、忙しいんだ」

「うん。そんなところ……」

また嘘をついてしまった。直子は胸がちくりと痛むのを感じた。

「そっか。直子も頑張ってるんだもんな、俺も頑張んなきゃ。実はさ……ちょっと上司と衝突しててね。そのせいで多少、本当に多少だけどさ、悩んでる。でも大丈夫、元気出て来たよ」

何も知らない純一の言葉が心苦しかった。

「そうなんだ」

「うん」

しばらく沈黙が続いた。やっぱり言おう。今までずっと言えずに来たけれど、純一にはやっぱり言わなきゃ。直子は思い切って切り出す。

「あのね、純一。私実は……」

しかしその前に純一が申し訳なさそうに遮《さえぎ》った。

「ああ、そろそろ電車が来るわ。悪いけど、切るね」

「え、あ……そうなんだ」

「うん。じゃあまたね」

「うん……またね」

電話は切れた。直子はふうと息を吐く。また、本当のことを言えなかった。このままずるずると時間ばかりが過ぎるのはよくない。どこかできちんと言わなくては……。

直子は携帯電話を仕舞うと、過ぎ去っていく電車を眺めた。

✢

純一が携帯を仕舞った頃には、もう電車は到着していて、今まさにドアが開かんとするところだった。さっきまで列に並んでいたのだが、いったん離れてしまったため最後尾に並ぶ。

十人ほど前に、お馴染《なじ》みの白髪交じりの男が並んでいるのが見えた。

あいつは座れるだろうな。俺は……無理かな。

開いたドアから電車に乗る。案の定座ることはできなかった。純一は吊り革を摑んで立つ。動き出した景色を車窓からぼんやりと眺めながら、直子のことを思った。

思えば随分長い付き合いになる。

直子とは大学時代に出会い、すぐに意気投合すると、数えきれないほど一緒に飲みに行った。美味しいものが大好きな二人だったから、お互いに色々と調べて話題の店、隠れ家的な店、そして有名店と回った。料理に舌鼓《したつづみ》を打ち、店の雰囲気を楽しみ、他愛もない話をした。

やがて大学四年生になると、純一と直子はそれぞれに就職活動を行った。特に示し合わせたわけでもないのだが、二人とも食品系の会社を主に受けていた。美味しいものを届けるような仕事がしたい。食いしん坊同士、気持ちは同じだったのだ。

そして内定が出た。純一は冷凍食品の会社。直子は乳製品の会社。どちらも東京の会社だった。

互いにお祝い、と二人で食べたフランス料理屋で直子が言ったことを、よく覚えている。

「私たち、同志だよね。扱う商品は違っても、美味しいもののために頑張る仲間だもんね。何だか私、辛い時も頑張れる気がする。だって純一も頑張ってると思うと、元気出てくるもん。純一も、疲れてる時は私のこと思い出して、元気出すんだよ。社会人になったら、今までみたいに会えなくなるかもしれないけど……たまに、電話するからね。一緒に頑張ろう！」

そうだ。俺たちは同志なのだ。

「同志の直子が頑張ってるんだから、俺も頑張らなきゃな……」

純一は小声で呟いてみる。

しかし、ダメだった。力が湧いてこない。

いや、どう頑張ればいいのか最近はわからなくなってきている。

これから向かう商談においても、自信は全くなかった。数字が出せなければまた部長にえんえんと怒鳴られるだろう。丸めた書類で頭をはたかれ、同僚の前でねちねちと罵倒《ばとう》され続ける。

考えるだけで気が重い。

隣の席の山内《やまうち》が羨《うらや》ましかった。彼は一つ年下なのに、純一のチームでトップの営業実績を残している。その売上額は、純一のゆうに三倍を超えていた。誰からも慕われ、部長だって彼を気遣っている。

俺も山内のようになれたらいいのに。

俯いて大きなため息をつくと、前の席に座っている白髪交じりの男がちらりとこちらを見た。そしてすぐに新書に目を戻す。後ろ向きな自分の心を見透かされたような気がして、ひどく惨《みじ》めな気持ちになった。

# 二章　ヒゲヨシと見えない運転士

久しぶりの雨だった。

ホームを覆っている立体トラスの大屋根を水がつたい、端からぽたぽたと落ちては、線路脇の吸音用砕石の隙間に消えていく。

「夏でも夜雨《よさめ》は冷えるな……」

ヒゲヨシは自分の荷物の入ったリュックサックにビニール袋をかけ、よたよたと駅前のバスロータリーを歩いていく。今日はどこで夜を過ごすか。晴れていればそこらへんのベンチで構わないのだが、小雨とはいえ降り続いているとそうもいかない。

終電が去った後の藤乃沢駅前は静寂そのものだった。

二十四時間営業のファストフード店、それから数軒の居酒屋に明かりがついているばかり。少し離れた繁華街の入り口では、ドレスに身を包んだ女性が傘を差し、ぼんやり立ったまま煙草《たばこ》をくゆらせていた。呼び込みなのだろうが、声をかける客の姿はない。そろそろ諦めて引き揚げようか、と考えている様子だ。

「おう、ヒゲヨシ」

　時計台の陰から声がかけられる。ヒゲヨシは目をこらして闇を見た。華奢《きゃしゃ》な男が、キャリーケースの上に腰かけていた。

「なんだマツか。どうした、嬉しそうな顔して」

「まあ……ちょっとな。ところでヒゲヨシ、今日寝るところに困ってるんじゃないの」

「ああ、そうだな。いい場所知らんか？」

　マツは歯抜けの口でにやっと笑った。

「教える代わりに、頼みを聞いちゃくれんか」

「なんだ頼みって」

「ヒゲヨシ、服持ってたろ。会社やってた頃のスーツ。なぜだか捨てられんて、こぼしちょったやろ」

　ヒゲヨシは自分のリュックサックを見る。

「ああ……まあな。もう皺だらけだがよ」

「それ、貸してくれんか。一日だけ」

　訝しんで、ヒゲヨシはマツを見た。

「何に使うんだよ、そんなもの」

マツは答えず黙ったまま、手にした紙を濡れないように木陰でそっと出して見せた。街灯の光でヒゲヨシはそれを見る。楽器を持った女性が、優雅に佇《たたず》んでいる。

「ヴィオラコンサート……これに行くってのか？　お前が？」

「俺が行っちゃいけねえか？」

へっへっとマツは機嫌良さそうに笑う。

「これでも昔は、クラシック音楽にちと入れ込んでてな」

「クラシックって柄かよ。だいたい、チケット代が払えんのかい」

「おいヒゲヨシ、バカにすんな。俺は招待客なんだぜ。是非来てくださいって言ってもらったんだ。どうだい、羨ましいだろう」

ヒゲヨシは頭をがりがりとかいた。

「わかったわかった、羨ましい羨ましい。スーツは貸してやるよ、その恰好で行くわけにはいかねえしな。ちゃんと散髪もして行けよ」

マツが着ているのは擦り切れたズボン、ボタンが半分以上なくなったシャツ。どちらも着古して、臭いや汚れが染みついている。古くなって皺だらけ、サイズも合わないスーツとはいえ、いくらかましだろう。

「あんがとよ、ヒゲヨシ」

礼を言うと、マツは大切そうにコンサートのチラシを折りたたんで、仕舞った。雨は依然として降り続いている。寒気を覚えて、ヒゲヨシはぶるっと震えた。

「さあ約束だぞ。ねぐら、教えてくれ」

マツは一つ頷き、「ついてきな」と言って歩き出した。

⚜

「本日の電車は全て運転を終了しました」

夏目壮太はホームに向かう階段にロープを張り、そう書かれた札を吊るす。エスカレーターの主電源を切って止め、スイッチを押して明かりを落とす。すっかり静まり返った駅の中では、数名の駅員が淡々と駅閉めの作業をしていた。

事務室の中では、七曲主任と佐保が自動券売機からお金を回収していた。専用の鍵で裏側の蓋を開き、中にじゃらじゃらと詰まった小銭やお札を箱に移しては奥へと運び込んでいる。

横目でそれを眺めていると、ホームの方から怒鳴り声が響いた。

「あんだあ、いつまで待っても電車来ねえじゃねえかよっ！　どうなってんだあ、ボケナス！」

慌てて階段を下りて一・二番ホームに向かう。体格の良いスーツ姿の男がベンチに寝っ転がり、くだを巻いている。壮太はため息をついた。酔客だ。

「お客様、下り電車は終了しました。駅から出ていただけますか」

そう言って駆け寄ると、男は据わった眼をこちらに向けた。頭に巻いたネクタイがぶらんと揺れる。

「なあにい？　俺を誰だと思ってんだ、おめえは！」

「お客様だと思っております。ここで待っても、電車は朝まで来ませんよ」

「なら今すぐ朝にすりゃいいだろ！　ったく、最近の若い奴ときたらよう、応用力ってもんが……」

ふうと壮太は息を吐く。酔客対応は最も気の滅入る仕事の一つだ。この人たちときたら、まるで理屈が通じない。男の体を起こしながら、壮太は言う。

「東口に出ればタクシー乗り場がありますので、そちらへどうぞ」

「タクシー？　ここまで呼んで来い！　そうしたら、乗ってやらあ」

冗談でも言っているつもりなのだろうか、男はぎゃははと大口を開いて笑った。壮太は酒臭い息に顔をしかめながら粘り強く繰り返す。

「とにかく出てください、もう駅を閉めますので。タクシーが嫌ならカプセルホテルもありますから」

「うるせえんだよ！」

男はぶん、と右腕を振り上げた。壮太は咄嗟《とっさ》に飛びのく。幸いにして体に当たりはしなかった。

酔っ払いの暴力は恐ろしい。力加減というものをまるで知らないからだ。また、駅員は抵抗することを規則で許されていない。護身術を習っていようと、空手の心得があろうと、乗客に向けて腕を振るってはいけないのだ。

何をしでかすかわからない相手を前に、反撃を禁じられた状態で相対するというのは、想像以上に恐怖である。

もっとも今回に限って、男は壮太を殴ろうとしたわけではなかったようだ。男は腕の勢いでベンチから転げ落ちつつ、その手に携帯電話を握っていた。

「母ちゃん呼んでくれ、母ちゃんならタクシー持ってきてくれっからよ……」

ぶつぶつと繰り返している。

階段の方から翔が駆けてきた。

「おーい壮太、三・四番ホームの方は確認終わったぞ」

「こっちはお客さん一人対応して終わりです」

近くまでやってきた翔はこちらを見るなり、うわあ酔客か、と顔をしかめた。ちょうどその時、男が呻《うめ》きながらホームの上に嘔吐した。二人の駅員は揃って肩を落とす。

「うわあ、最悪……」

「翔さん、掃除は僕がやりますから。この人、家に連絡してほしいそうなので対応をお願いできますか」

「わかった」

翔に男の対応を任せ、壮太はホームの端へと走る。倉庫から箒《ほうき》とチリトリ、さらにおが屑の袋を取り出して再び舞い戻った。

酔っ払いの吐瀉物《としゃぶつ》を、駅員は俗にハライモドシと呼ぶ。こいつの掃除は深夜帯では当たり前の業務であり、壮太もすっかり慣れてしまっていた。最初は汚いという気持ちもあったが、今では何とも思わない。おが屑をぶっかけ、手早くチリトリに集めてそれで仕舞い。達人になってくると、中身を観察して客が何を食べていたか言い当てる者もいるという。

……そうはなりたくない。

淡々と作業をこなしながら、壮太は思った。

なおも喚《わめ》き続ける男を何とか翔が説得し、駅の外へと出て行かせることに成功した。ホームは完全に無人となり、最低限の明かりを残して消灯される。

「ようやく終わったな。お疲れ様」

七曲主任が帽子を取り、坊主頭を手で撫でながら笑った。静まりかえった駅構内には、人の声がよく響く。

「お疲れ様です。ああ、もう眠いですよ」

翔が大欠伸《おおあくび》をする。駅員たちは連れだって駅舎の方へと歩いていく。そこには休憩室に浴室、そして仮眠室が設けられている。遅番の駅員たちは駅に泊まって眠り、朝のラッシュ前に起き出して業務を行うのだ。

「じゃ、私こっちだから。みんなおやすみ」

佐保がにっこり笑って手を振った。壮太も振りかえす。

「おやすみなさい、佐保さん」

閉じるドアを見て、翔が羨ましそうにこぼした。

「佐保はいいよなあ。部屋に一人で寝れるんだもんな」

彼がそう言うのも無理はない。藤乃沢駅の仮眠室は三つに分かれている。早番用と遅番用、そして女性用の仮眠室である。駅舎の寝具は窮屈な二段ベッド。同僚や上司と同じ部屋で寝なくてはならないのだ。女性の部屋も同じなのだが、藤乃沢駅には現在佐保一人しか女性駅員がいないため、事実上個室なのである。

「なんだ翔、俺と寝るのが嫌だってのか」

「誤解を生むような言い方やめてくださいよ。それに七曲主任、いびきが恐竜の唸り声みたいで……」

「繊細な奴だな。負けないくらいデカく、高いびきをかけばいいだろう」

「そうしますよ」

やめてください、と言おうと思ったが、壮太は言葉を飲み込んだ。

どうせ言っても無駄だ。

それに、いびきくらいで起きるようでは、駅で眠ることはできない。もっとうるさいものが、終電後であっても時折やってくるからだ。

それは貨物列車である。

「おいマツ。ねぐらって、駅かよ」

　ヒゲヨシとマツは線路沿いを歩いていた。

「案外馬鹿にできないぞ。屋根はあるし、階段の陰なら風も当たらないんだぜ」

「駅員に見つかったら追い出されるだろ？」

「終電後に忍び込んで、始発前に退散すればいいのさ。おっと、当たり前だけどヒゲヨシ、駅を汚したりするなよ。迷惑な利用者のおかげで俺まで目をつけられたら、たまらんからな」

　マツは踏切から線路内に入ると、藤乃沢駅に向かって枕木をまたいで歩き出した。不法侵入しておきながら、自分たちを利用者とのたまうマツがおかしくて、ヒゲヨシはにやにやした。

「……静かなもんだな」

「いい雰囲気だろ？」

「何だか、線路を辿ってどこへでも行けそうな気がしてくるよ」

「ヒゲヨシ、お前って案外ロマンチストだよな」

　雨にうっすら濡れたレールは、前にも後ろにもまっすぐに延びている。どこまで繋がっているのだろう。フクロウが鳴く山奥にも、ビル群が立ち並ぶ大都会にも、電車は走っていく。

ふと屈み込み、ヒゲヨシはレールに触れた。冷たく硬い鉄の感触。目を閉じると遥か遠く、終点付近のレールの周囲に広がる風景が感じられるような気がした。

「なあマツ、不思議なもんじゃないか。線路の上を歩くのが、やっぱり怖いんだ」

「そうか？」

「ああ」

猛烈な勢いで駆け抜けて行く、特急列車を思う。巻き込まれたら体は粉々だろう。それが、ほんの数時間前までここを走っていたのだ。ここは死の世界だった。そう思うと線路の上に乗っている自分の生が、曖昧な存在のように感じられる。

「この時間に電車が来るはずもないし……だいたい、もう失うものなんてないはずなのに。まだ怖いってのは、妙な話だよな。子供の頃、踏切の中に入るなって母ちゃんに口酸っぱく言われたせいかな」

「へえヒゲヨシ、あんたにも母ちゃんがいたとはね」

マツにからかわれて、ヒゲヨシは曖昧に微笑む。

一応、嫁と子供だっていたんだぜ。

「ほら。あそこから上れるんだ」

マツがホームの端っこを指さした。そこには簡易な階段と、倉庫らしき小屋が併設されている。マツに促されるまま、ヒゲヨシはホームへとよじ登った。

マツは自動販売機の陰に新聞紙をしいて体育座り。ヒゲヨシはベンチの上。少し寒いが確かに雨はしのげる場所だった。誰もいない、明かりさえも消えたホームの上でまどろんでいた時だった。

電車の音が聞こえた気がした。

振動を感じる。徐々に近づいてくる。

もう始発か……？

瞼《まぶた》をこすりながら、ヒゲヨシはもぞもぞと起き上がった。あたりはまだ真っ暗だ。駅の時計に目をこらす。午前二時。おかしいな、こんな時間に電車が来るはずはないのだが。

まばたきするヒゲヨシの目の前で、二つのヘッドライトが闇を切り裂いた。轟音《ごうおん》。車輪がレールの継ぎ目をまたぐたびにごとんごとんと、大仰な音が響き渡る。ごつごつした無骨な外見。

「そうか……貨物列車か」

思わず独り言が出ていた。

旅客列車よりもずっと編成数が多く、細長く黒々とした龍のような姿。重々しい存在感の四角いコンテナ、液体が入っているのだろうタンクコンテナ。いかにも雄々しい外見の先頭の機関車。

いつだったか、跨線橋の上で母に背負われながら、飽きずに電車を眺め続けたことを思いだす。中でも貨物列車が、ヒゲヨシの一番のお気に入りだった。

「おい、マツ……」

マツの方を振り向いたが、彼はぐっすりと眠り込んでいて、起きる様子はなかった。ヒゲヨシはふうと息を吐くと立ち上がり、進んでいく貨物列車を眺める。ここは特等席だな。貨物列車を独り占めだ。

いつの間にか雨は止んでいた。

星空の下、貨物列車は少しずつ速度を落とし、甲高い音を立ててゆっくりと停車する。どこか神秘的な光景に思えた。夢の世界から列車がやってきたような。

貨物列車はホームの目の前でなく、一本線路を挟んだ向こうに停まっている。信号待ちなのだろうか。詳しいことはわからなかったが、ヒゲヨシはホームを歩き、先頭車両に何気なく目をやった。

「おっ……」

ふと運転士の姿が見えた。退屈そうに頬を撫でながら、ぼんやりとこちらを見ている。向こうもヒゲヨシに気づいただろうか。駅に無断で泊まっていることがわかったら、怒られるだろうか。

しばし互いに見つめ合ったが、運転士はやがて目を逸らす。特にヒゲヨシを見咎《みとが》める様子もなかった。

かすかな赤い光が運転室に満ち、運転士の顔を照らしてすぐに消える。四十後半から五十前半くらいの男性だ。おそらく同世代。垂れ目に細い唇、どことなく疲れた印象の、陰のある顔。さきほどの光は煙草に着火した際のものだったらしい。運転士は目を細めて煙を吐き出した。

「よう、こんばんは！」

見つかってしまったのに何も言わないのは気まずいと思ったからだろうか。それとも、貨物列車の運転士に興味を覚えたからだろうか。自分でも理由はよくわからなかったが、ヒゲヨシは手を上げて声をかけていた。

運転士がちらりとこちらを見た。

「おう。お疲れさん」

煙草をくわえたまま、向こうも挨拶を返した。ヒゲヨシはホームから線路に降り、そのまま貨物列車の近くまで歩いていく。

「夜中までご苦労さんだな」

自分でも馴《な》れ馴《な》れしいとは思ったが、ヒゲヨシは呼びかける。

「誰だお前？」

「しがないホームレスだよ。ヒゲヨシって呼んでくれ」

「おう、そうか。俺は清水《しみず》だ」

さほど動じた様子もなく、清水は運転室の扉を半分開いて身を乗り出した。

「煙草いるか」

ポケットから重めの銘柄の煙草箱を出し、清水はヒゲヨシに一本を取るように示した。

「……いいのか？」

「いいよ」

「いや、そうじゃなくて。運転中に煙草なんて吸っていいのか。よく新聞に載ってるじゃねえか。運転士が運転中に携帯いじってて問題になった、とかよ」

くはっ、と清水は口を開いて笑った。並びのいい歯が覗く。

「ホームレスのくせに詳しいな」

「おいおい、俺たちは新聞は読み放題だ。俺、全紙目を通してるんだぜ。スポーツ新聞から経済新聞まで、そのへんのビジネスマンより読み込んでら」

「ほう、そうか。そりゃ大したもんだ」

清水は運転室の床に座り込む。車体の高さがあるので、線路に立つヒゲヨシよりも少し目線は上だった。

「だがなヒゲヨシとやら、貨物列車はいいんだよ。夜中に長距離を走るからな。眠気覚ましとして煙草が許可されている」

「へえ、そうなのか。じゃあ一本いただくよ」

「おう」

清水は手を伸ばすと、ライターでヒゲヨシの煙草に火をつけてくれた。

子供の頃に憧れた貨物列車の運転士と話している。その事実が、ヒゲヨシを年甲斐もなく興奮させた。

久しぶりに吸う煙草も美味しかった。その粒子が全身に染み込むようで、思わずヒゲヨシは目を閉じて口の中を舐《な》めた。

「……お前、くせえな」

「今日は風呂入ってないんだ」

また清水はくはっと口を開け、おかしそうに笑った。

「今日は、じゃないだろ。今日もだろ」

「俺は綺麗好きな方だぜ。二日に一ぺんは、公園で体を洗ってる」

「そうか。そりゃ失礼したな」

会話はそこで一度途切れた。

ヒゲヨシは立ったまま、清水は運転室の床に座ったまま、ただ空を見上げていた。二人がくゆらす煙草の煙が、眩いばかりの天の川に流れて消えていく。

しばらく経ってから、ヒゲヨシが聞いた。

「いいのか？ こんなとこで暇をつぶしていて」

「ああ」

清水はどちらかと言えば無口だったが、会話が嫌いというわけでもないらしい。煙草の灰を線路に落としてから、腕時計を見て清水は続ける。

「時間調整だ。あと五分ここで待つ」

「あと五分か………」

「ああ」

再び沈黙が世界を支配する。ヒゲヨシはまた聞いた。

「どこまで行くんだ？」

「静岡の方までだ」

「随分遠くまで行くんだな」

「俺はそこで交代だが、列車はもっと遠くまで行く。貨物は走行距離が長いんだよ」

「そうなのか」

「ああ。丸二日かけて北海道から福岡まで行く列車もある」

「そんなに遠くから、遠くまで行くのか……」

これまで何気なく眺めていた貨物列車は、日本を縦断する長旅の最中だったのかもしれない。山奥から大都会どころではない。線路は日本の果てから果てまで、文字通り繋がっているようだ。

清水は穏やかな表情で夜を見つめ続けている。ヒゲヨシから何か聞かない限り、会話は中断してしまう。だがこの間の取り方は、不思議と嫌な感じはしなかった。

「清水は、何を運んでるんだ？」

「さあな……」

背後に連なるコンテナを振り返り、清水はぼそりと言う。

「荷物が何かは、運転士には知らされないんだ。でもまあ、見当はつくよ」

すっかり短くなった煙草を携帯灰皿に入れて消すと、清水は制帽をかぶり直す。

「長くやってるとわかるようになる。今日はジャガタマだ、間違いない。加速するたびに何となくゴロッとした手応えを感じるからな」

そろそろ行くよ、と清水は立ち上がった。

「ジャガタマ?」

「ジャガイモと玉ねぎ。北海道からだろうな」

すっと清水が手を差し出す。ヒゲヨシがちびた煙草を渡すと、清水はそれも携帯灰皿に入れて消した。

「んじゃ、元気でな。ヒゲヨシ」

にやりと清水は笑う。白と黒が交ざったごま塩の髪が制帽の端から見えた。

運転室の扉は閉じられる。ヒゲヨシは貨物列車から離れてホームに向かいながら、おそるおそる聞いた。

「なあ、清水。勤務中に俺なんかと雑談してて、いいのか」

清水は運転席で、あちこちに目をやっている。出発前の確認でもしているのだろう。やがて手で何事かサインを行った後、ヒゲヨシを見て微笑んだ。

「ダメに決まってるだろ。誰にも言うなよ」

最後の、正面を指さすようなハンドサインは、ヒゲヨシにもどういう意味かがわかった。

出発進行。

パンタグラフから流れ込む膨大な電力が、加速では劣るがパワーで優れるモーターを動かし、車輪を静かに回転させ始めた。先頭車両がジャガタマの詰まったコンテナを引っ張り、巨大な龍を前進させる。レールが振動し、駅が揺れた。

ゆっくりと、しかし力強く、貨物列車は走り出した。

みるみるうちに小さくなっていく列車を、ヒゲヨシは茫然《ぼうぜん》と見送っていた。さっきまで一緒に煙草を吸い、話をしていた清水は、もうあんなに遠くにいる……。

やがて列車の姿が見えなくなっても、ヒゲヨシは線路の先をずっと見つめていた。

⚜

やっぱり、貨物列車だった。

夏目壮太は休憩室の窓から、遠ざかっていく列車を眺めていた。寝静まった街の中、かすかに電車の音だけが響く。

さて、寝るかな。飲み終わった湯呑を軽くさっと洗って籠に戻す。一つ欠伸をして、仮眠室へ戻ろうとドアを開けて足を踏み出した。

「ひいっ……」

　息を呑む声。

　見ると、桃色のジャージに身を包んだ中井佐保が、携帯電話を両手でつかんだまま、ドアの向こうで凍り付いていた。

「あれ、佐保さん。こんばんは」

　佐保は目を丸くし、まじまじと壮太を観察してから、ほうっと大きく息を吐いた。

「何だ、壮太ちゃんか……オバケかと思った……」

「こんな時間に起きてるなんて思いませんでしたよ」

「こっちの台詞《せりふ》だよ。何時だと思ってんの」

　咎《とが》めるような口調で言う佐保に、壮太は笑った。

「なんか最近、眠りが浅くてすぐ起きちゃうんですよね」

「おじいちゃんかっての」

　佐保はため息をつくと、壮太の脇を通って休憩室に入り、ソファの上に体育座りした。

　携帯電話を持ち、じっと見つめている。

「佐保さんも早く目が覚めたんですか？　一緒にラジオ体操でもしましょうか」

「ほんとおじいちゃんみたいな人だね、君は。私はちょっと眠れないだけ」

「何か悩みでも？」

「別に……」

「付き合っている男性についてですか」

佐保は頬を膨らませる。

「まだ付き合ってないもん。友達だもん」

「男の話ではあるんですね……」

佐保は携帯電話の上でしきりに指を動かし、何やら文字を打っているようだ。ディスプレイの光で化粧っ気のない顔と、やや寝癖気味にはねた髪が浮かび上がる。

「……何か相手、怒り出しちゃったし。はー、男ってめんどくさい」

佐保がいるので、壮太はもう一杯だけお茶を飲むことにした。やかんを火にかけ、二人分の湯呑を出し、茶筒の蓋を開けて玄米茶適量を急須に入れる。おせんべいのような香ばしい匂いが立ち上った。

「あーもう、知らん！」

しばらく佐保は携帯をいじっていたが、やがて目を閉じると、ぽいっと携帯電話をソファに投げ出した。ため息交じりの声が聞こえてくる。

「どうして男ってちょっと会えないだけで変な怒り方するのかなあ」

沸いた湯を、まずは湯呑にそのまま注ぐ。こうして一度湯呑を温め、同時に湯をほんの少しだけ冷ます。その冷ました湯を急須に入れる。すると熱湯に比べてお茶っ葉が素直に開いてくれるのだ。壮太は作業に専念しつつ、相槌を返した。

「それだけ、佐保さんのことが好きだからじゃありませんか」

「好きならさあ、都合がつかない時は理解を示してほしいんだけど」

しばらくおいてから、急須を軽く揺らし、茶を注ぐ。こぽこぽと優しい音。できあがり。手早く栗羊羹《くりようかん》を冷蔵庫から出して切り、楊枝《ようじ》を添えて皿に置いた。壮太はそれらをお盆に載せて、佐保の前まで運んでいく。

「お茶が入りましたよ」

「あ、ありがとう……」

やさぐれた様子でソファに横たわっていた佐保は、羊羹を見ると目を輝かせて起き上がる。

「ねえ壮太ちゃん、思うでしょ。百歩譲ってさ、付き合ってるならまだわかるよ。どうして付き合ってもいないのに、この人は私を束縛しようとするの？　意味わかんない。私、他の男に会ってるとかじゃないんだよ。ただ、頑張って仕事してるだけなのに」

「休日が他の人と合わないのは、駅員共通の悩みですよね」

　壮太はちゃぶ台を挟んで佐保の正面に座り、玄米茶を一口飲む。我ながら丁度いい淹《い》れ具合だ。

「平日の夜くらい会えるでしょだって。何度言ってもわかってくれないんだよ。曜日の問題じゃないのに」

「駅員は曜日感覚がなくなっていきますよね。今日は随分人が少ないなあと不思議に思っていたら、そういえば土曜日だと気付いたり」

「そうそう」

「泊まり勤務があることを、きちんと説明してあげたらいいのでは？」

「どうやら泊まる必要はないって思ってるみたいなんだよね……」

　佐保はさっそく栗羊羹を一つ取ると、端っこを齧《かじ》った。黄色く艶のある栗が顔を出す。佐保はまるで宝物でも見つけたかのようにそれを見つめる。

「逆に聞きたい。駅員が泊まりじゃなかったら、どうするのかと。終電終わった後、駅員はどうやって家に帰るのかと。みんな駅の近くに住んでいるわけでもあるまいし」

　不機嫌そうに佐保は栗を歯に挟み、思い切り嚙み潰す。

「駅に勤務したことのない方だったら、知らなくても無理ありませんよ。根気よく伝えれば、わかってくれるでしょう」

「ダメだよ。そういう次元じゃないもん。泊まり勤務があるって説明すると、周り男ばっかりなんでしょ？　って心配されるの。それから嫉妬。俺とは一緒にいられないのに、仕事では泊まれるんだ、って……なぜなのだ。なぜ仕事なのに、遊んでいるみたいに捉えるのだ……」

佐保は額に手を当てた。

特にアドバイスできるようなことはない。壮太は聞き流しながら羊羹の深い甘みを楽しむ。佐保が携帯電話のスイッチを切り、ディスプレイを消した。

「久しぶりに合コンでいい人に出会えたと思ったけど、もうやめた。もう連絡しない」

「そうですそうです。またいい人が見つかりますよ」

「……他人事みたいに、もう」

少なからず傷ついてはいるらしい。佐保は少し悲しげな目で湯呑を取ると、一口すすった。そして目を見開く。

「美味しい……」

「ああ、良かったです」

「どうしてこんなに美味しいの？　濃さも、温度も、丁度いい。渋みもないし。おばあちゃんが淹れるお茶みたい。私が淹れるのと全然違う」

「佐保さんはいつもお茶っ葉を入れすぎるんですよ」

壮太は飲み終えた湯呑をお盆に載せ、じゃあ僕はそろそろ二度寝します、と立ち上がった。佐保が頬杖をついたままじっとこちらを見つめている。

「壮太ちゃんってさあ、男としては全然ときめかないけど、結婚相手としてはいいよね。いや、そうじゃないな。嫁になってくれたら最高のタイプ」

「佐保さんも僕を見習えばすぐ彼氏できますよ」

「……一言多い」

眉根を寄せ、佐保はじろりと壮太を睨み付けた。

「失礼しました。では、また朝に」

佐保のものを残して簡単にちゃぶ台の上を片付けると、壮太は廊下へと歩き出す。しばらく佐保はきょとんとしていたが、すぐに慌てて立ち上がると携帯電話を摑み、壮太と一緒になって部屋を出た。

「……何ですか、佐保さん。真後ろにぴったりと……」

「いや。あそこに一人っきりだと、オバケ出るかもしれないし……」

今頃夜闇が怖くなってきたらしい。

「そ、そうだ壮太ちゃん。か、仮眠室の前まで一緒に行ってあげるよ！」

引きつった笑顔を浮かべる佐保。壮太はため息交じりにこぼした。

「僕の台詞なんですけれど……」

⚜

快晴。元気よく鳴く蟬《せみ》を見上げながら、ヒゲヨシは何をするでもなく木陰でぼうっとしていた。

「ヒゲヨシさん、いつもありがとうね」

呼びかけられて、ヒゲヨシは振り返る。

「……何の話ですか？」

立っていたのは、そこの角の小料理屋のおばあさんだった。エプロンと三角巾をつけて、こちらを見ている。

「店の裏、掃除してくれたでしょ。凄く綺麗になってて、助かるわ」

「ああ……とんでもないです。いつも残り物を貰《もら》ってますから、せめてものお礼です。それに掃除、好きなんですよ」

ぺこりとヒゲヨシは頭を下げる。おばあさんは微笑んだ。

「ヒゲヨシさんって何か、丁寧よね。ホームレスにも色んな人がいるのね」

「ホームレスはホームレスですよ」

もじゃもじゃに伸びた髭をいじりながら、ヒゲヨシは言う。早く会話を切り上げたかった。

「これ、良かったらどうぞ」

おばあさんはビニール袋を差し出した。

「何ですか」

受け取りながら、中を確認する。中にはタッパーが一つ入っていた。拳大の白い塊が三つ、並んでいた。

「苺《いちご》大福よ。うちの裏メニュー」

「いえ、こんなものいただくわけにはいかんす」

「いいから受け取りなさいよ。ほんと、ヒゲヨシさんて変なところ遠慮深いのね」

しばらく迷ったが、断るのも悪い。結局は受け取った。

「ありがとうございます」

大福はいかにもうまそうで、本能的に腹が鳴り、唾液が溢れる。じゃあね、と満足げに立ち去っていくおばあさんを見送り、ヒゲヨシはため息をついた。

嫌なものを受け取ってしまった……。

わかってはいるのだ。おばあさんは善意でこれをくれた。だが、素直に喜んで食べられるほど、ヒゲヨシの心中は単純ではなかった。ホームレスなんかをやっていると、体が汚れるとともに心もひねくれ、荒《すさ》んでいくようだ。こんな自分のまま生き続けるくらいなら、いっそ早く死んでしまいたいのだが。

ヒゲヨシはタッパーをぼんやりと見つめた。

せめて誰かのために役立てよう。そうだ、マツに一つやろう。あいつは甘いものが好きだった。他に、ホームレスの俺から菓子を受け取っても、嫌がらずに食ってくれそうな心当たりは……。

保育園のお散歩か、園児を乗せたカートを、保母さんが押して公園に入ってくるのが見えた。子供たちはみな楽しそうに笑い、保母さんも柔らかく微笑んでいる。

見つかって嫌な顔をされる前に、ヒゲヨシは公園から退散することにした。苺大福のタッパーを汚れないように何重にも袋にくるむと、荷物を担ぎあげ、歩き出す。

行くあてはどこにもなかった。

その日は夜になっても晴れていて、別に雨風を避ける必要もなかったのだが、ヒゲヨシは一人駅に忍び込んでいた。終電の過ぎたホームで佇んでいると、線路の振動する音が聞こえてくる。貨物列車だ。ヒゲヨシは身を乗り出すようにして運転室を確かめる。

清水がいた。

向こうもこちらに気づいたようで、お、と口を開けた。停車した後、運転室の扉が開く。清水が降りてきた。

「よう」

「おう」

互いに軽く手を上げて挨拶する。清水は端の階段を上り、ホームまでやってきた。ヒゲヨシが話しかける。

「先日は煙草をありがとうよ」

「まあ、まずは小便に行かせろや。停車時間くらいしか、俺たちは行けないんだからな」

清水は白い歯を見せて笑うとヒゲヨシの横を通り、駅舎の階段を上っていった。

静かな藤乃沢駅の、ベンチの上。ヒゲヨシは清水と並んで座っていた。

「汚れてないんだろうな」

清水はじろりとヒゲヨシを見て、何度か苺大福を嗅《か》いでから、よかろう、とばかりに口に運んだ。豪快に半分ほど齧ってから、口の端についた餡《あん》こを指で拭う。

「うまいな、これ」

「良かった。二つとも食えよ」

そう言ってヒゲヨシは残りの一つも勧めたが、清水は首を横に振った。

「いや。一個でいい。お前こそ食いな」

「いや。俺は……いらない。誰かに貰ってほしいんだ」

清水はそのぎょろりとした目をヒゲヨシに向けた。

「甘いものなんてそうそう食えないんだろ」

「そんなことはない。ドーナツ屋の廃棄品とか、よく食ってるよ」

「確かにお前、ホームレスの癖に太ってるもんな」

「まあな……だから、頼む。最後の一個、食ってくれ」

清水はしばらく考えてから、残り一つの苺大福を取り上げた。

「じゃあ貰おうか」

しばらく、清水が咀嚼《そしやく》する音だけが響いた。

食べ終わると、清水は煙草に火をつけた。一本勧められたが、今日はヒゲヨシは断った。

煙草の香りがゆっくりと漂う中、二人は灯の消えた街を眺める。

「なあ、清水」

「ん」

「どうして俺なんかが渡した大福を、あっさり食ったんだ？」

「…………」

誰だって普通は嫌がるもんだぜ。ヒゲヨシは心の中で言う。

清水は大きく口を開けて、ぷはあと煙を吐いた。

「運転士ってのは、そうやってよく食い物とか貰うもんなのか」

「普段は受け取らないよ」

「じゃあ何でだよ」

「……俺は人の好き嫌いが激しくてな」

清水は腕時計を確認しつつ、続ける。

「嫌いな奴の言うことは一切聞かねえ。そして、大抵は嫌いな奴ばっかりだ」

「確かにそんな顔してるわ、お前」

ヒゲヨシは頷く。清水の顔に刻まれた皺は深く、くっきりと浮き出ている。その一方で、皺は彼が話すたびにいきいきと動いた。

「そんな俺にとっちゃ、お前はそんなに嫌いじゃないってだけだ」

「……俺のことを、何も知らないのにか？」

くはっと清水は笑う。

「目を見ればわかるさ」

「なあ。規則ではダメなんだろう。ホームレスなんかと喋ってたら」

「そうだけど、それがどうした。規則はできる限り守ってるさ。だが、俺は規則以前に一人の人間だ。規則よりも俺の方が、もっと根元のところにいるんだよ」

変わった男だ。

鉄道員といえば、真面目で几帳面な人間ばかりのように思っていた。が、清水はそうではない。どこか不安定で、一匹狼で、それでいて人情味があって……。

客も乗せず、車掌も乗せず、たった一人で夜を駆け抜ける貨物列車という仕事場が、彼をそうさせているのだろうか。それとも貨物の運転士の中でも、彼だけが特別なのだろうか。

「で、お前はどうなんだよ。ヒゲヨシ」

清水がこちらを見た。

「どうって？」

「なんで貰った大福を、わざわざ人にあげるんだよ。そのためにこんな時間まで、駅にいたんだろ」

「……俺は……苺大福が苦手でな」

「餡こがダメとかそういう人間か」

「いや。餡こは好きだ。苺大福も味自体は好きなんだが。ある時から嫌いになった」

「何があった？」

煙草をくゆらせて遠くを見ながら、清水はのんびりと聞いた。詮索《せんさく》する風ではなく、まるで世間話のような語調であった。そのためだろう、普段なら絶対に言わないことを、ヒゲヨシは口にした。

「嫁と娘が好きだったんだよ。苺大福」

清水は何も言わず、ただ煙を吐いている。

「二人が好きだったから、俺も好きになった。そして……二人がいなくなったから、嫌いになった。苺大福の味は、嫌なことを思い出させる」

「お前、なんでホームレスになったんだ？」

「それは……」

ヒゲヨシは口ごもった。

沈黙だけが、夜の駅に続く。

「そろそろ時間か」

腕時計を見て、清水が立ち上がった。

「じゃあな」

清水はそれ以上何も言わなかった。軽く手を上げるとホームを降り、貨物列車へと戻っていく。

根ほり葉ほり過去を聞いてくるわけでもない。しかし、全く興味を持たないわけでもない。清水の独特の距離感にヒゲヨシは戸惑いつつも、手を振った。

「またな、清水」

「おう」

運転席から清水が身を乗り出して声を上げる。

「ヒゲヨシ、今日はたまたま運が良かったな」

「運だって？」

「貨物の運転士はシフト制だ。毎日、俺がこの時間の列車に乗っているわけじゃない。他の運転士を見つけても、間違っても苺大福やったりするなよ。お前、追い出されるぜ」

「……ああ。わかった」

清水は頷くと席に戻り、もうヒゲヨシを見ようとはしなかった。

来た時と同じくひっそりと、貨物列車は駅を去って行った。

⚜

「……もしもし」

夏目壮太は、そう言ってホームレスの体をゆすった。反応がない。

「もしもし。ここで寝ないでください」

今度はもう少し大きな声で言い、強めに揺さぶる。その髭まみれのホームレスはようやく目を開いた。

「ああ、ヒゲヨシさんですか」

「お、おう」

ホームレスのヒゲヨシは、眩しい朝の光に目を細める。

「すみませんが、もう始発が来ますので。別のところで寝てもらえますか」

「ああ、わかった……」

ヒゲヨシが額の汗を拭った。それから荷物を担ぎあげ、よろよろと歩き出した。

嫌な夢を見たな。あれは昔の夢だ。

駅員に起こされて寝足りない気分のまま、ヒゲヨシは朝の街を歩く。

夢の中で、ヒゲヨシは机に向かっていた。次々に電話をかけ、かかってくる電話に出る。他に電話番をしてくれる人間はいないから、自分がやるしかなかった。書類を作り、紙に書き込み、資料を確認してはまた電話をかける。頭はぼさぼさではなかったし、髭も綺麗に剃っていた。

誰もヒゲヨシなどと呼ぶ人間はいない。カメ・プロモーションオフィスの亀山隆吉《かめやまたかよし》と名乗り、電話に向かって話し続けた。

いち段落したところで翌日の営業リストを作り、壁に貼る。どんな企画提案をするか考え、うんうんと頷く。いつの間にか真夜中になっていたが、疲れは感じなかった。

昔からの夢だったイベント企画会社を作り、十か月が過ぎていた頃だ。

大手には決してできない、細やかなサービスの行き届いた音楽イベントを作り上げる。そして様々な客層の人に楽しんでもらう。理想に燃えていた。会社の業績は少しずつだが上向き、黒字化はもう目の前だった。

頭の中で売り上げを計算していると、ふと営業リストの横のカレンダーが目にとまった。はっと息を吞んだ。

六月十七日の部分、アポイントメントのメモの脇に小さく貼られた花形のシール。娘の誕生日を意味する印。

頭の中で声が駆け巡る。

「隆吉さん。忙しいのはわかるけど、真紀《まき》の誕生日くらい家に帰って来てね」

妻の念を押すような声。その後ろから叫ぶ、真紀の声。

「パパ！　忘れないでね、明後日だよ」

忘れないとも。プレゼントは何がほしい？　そう聞いた自分に、しばらく考え込んでから娘が返した言葉……。

「パパのお休みがほしい」

机の上にペンを取り落とした。

頭の中から売り上げの数字がふっとび、明日の予定がふっとんだ。腕時計の日付表示を見る。六月二十日になるまで、あと三分ほどであった。

そこら中を走り回り、ようやく一軒の和菓子屋がシャッターを開けてくれた。迷惑そうな顔の店主は、しかし事情を伝えると、しぶしぶながら苺大福を三つ作ってくれた。妻と娘の大好物である苺大福。せめてこれを持って帰るくらいしか、詫びる手段をその時のヒゲヨシは思いつかなかった。

タクシーを飛ばし、二人の待つアパートへと辿りつく。出来立ての苺大福の包みを持って、ヒゲヨシは部屋の扉を開けた。

そこには誰もいなかった。

がらんとした室内。妙に整った簞笥《たんす》周辺。

寝室には布団が畳まれて置かれている。食卓の上には一枚の手紙。

丁寧な妻の字で、淡々と書かれていた。

真紀がずっと泣いていたこと。何度も電話したけれど、繋がらなかったこと。我慢し続けてきたが、これ以上一緒にいる意味を見出せなくなったこと……。

慌てて妻の実家に電話をかけるも、取り次いでもらえない。

妻の意思は固いようだった。

あまりに唐突にも思えたし、よく思い返してみれば妻とは何度も衝突していて、必然の結果にも思えた。

ヒゲヨシは食堂の椅子に一人座り、目の前の苺大福を眺めた。三つある椅子は二つ空いている。いくら待っても、かつてそこに座っていた人たちは帰って来ない。

やがて太陽が上り、朝になった。閉め切ったカーテンの向こうから鳥の声が聞こえ、日差しが隙間から入り込んでいる。それでも静かな室内には何の変化もない。

腹が減り、喉が渇いていた。

よろよろと立ち上がり、戸棚から皿を三枚出す。それを食卓に並べ、上に一つずつ苺大福を置いた。苺大福はぷっくりとしていて、うまそうだった。表面は柔らかいアーチを描き、振られた白い粉が雪のように美しい。妻は手づかみでは食べず、必ず二つに割ってから食べるのを覚えていたヒゲヨシは、一つの皿にだけデザート用のナイフとフォークを置いた。

茶を淹れる。湯呑を三つ出し、一つずつ焙《ほう》じ茶を注ぐ。そして一人で呟いた。

「頂きます」

苺大福は甘かった。そして苺の周りはひどく酸っぱく感じられた。

いつもだったら真紀が、苺をほしがる。だからヒゲヨシは苺の部分を避けて食した。出てきた真っ赤な苺を取り、真紀の皿の上に置いた。

そこで、涙が溢れ出てきた。

自分が何をしているのか、自分でもわからなかった。

何をすればいいのかもわからなかった。

今まで何をしてきたのか、これからどうしたいのか、一つもわからなくて、ただ涙が止まらなかった。

しばらくそこに座り、嗚咽《おえつ》し続けた。

客先に向かう時間になっても、電話が鳴り続けても、動く気になれなかった。妻子を捨てて仕事に専念する気にもなれなかったし、かといって仕事を投げ出してこれからは家庭一筋に生きる気にもなれなかった。つまるところ、ヒゲヨシの人生は袋小路に行きついてしまったのだ。ずっと積み上げて、積み上げて、上へ上へと上り続けたところ、天井に出くわした。積み上げてきたものを壊す勇気はないし、かといってこの先には何もない。

それでも時間は流れ続ける。途方に暮れるヒゲヨシを否応なく、これまでと同じ速度で巻き込んで。

そして、ヒゲヨシは落伍《らくご》した。

家も家族も仕事も何もかも捨てて、ただ逃げ出した。

初めは死のうと思ったが、すぐに断念した。首吊りに失敗した時の痣《あざ》は今も残っている。ひどい苦痛の記憶と共に。二度とやりたくない。

いつの間にかだらだらと一年、三年、五年と生き延びて……すっかり髭が伸びて、それなりに生き残る術《すべ》も身につけた。猛暑、極寒、病気、飢え……何度もこれで終わりだと思ったが、そのたびになぜか生き永らえてしまった。知り合いのホームレスがひっそりと死んでいく中で、いつも自分だけが。

自分はなぜ生きているのだろう。

俺に生きていてほしいと思っている人間は、俺自身を含めて一人もいないのに。

それとも、もうとっくに死んでいるのだろうか。

一人きりで街を歩き、ただ食って寝るだけの生活。昼も夜もなく、義務も権利もなく、夢も目的もない。

死んでいるのか生きているのか、段々わからなくなってくる……。

ヒゲヨシは公園の蛇口で水をすすり、口元を拭った。

何度うがいをしても、消えていかないのだ。あの夢を見るたびに、こうなる。

誰もいない家の中、一人で食ったあの苺大福の、舌を刺すほどの酸っぱさが……。

ため息をつくと、荷物の中から箒を取り出した。

それを摑み、気を紛らわせようと、あたりを掃除し始めた。

夜の藤乃沢駅。八時を回り、少しずつ客の数も減り始めている。

「では、僕はこれで帰ります。お疲れ様です」

夏目壮太は窓口事務室でぺこりと頭を下げた。

「おう、お疲れ」

何人かの駅員が作業の手を止めて声をかける。壮太はもう一度礼をすると、更衣室に向かって歩き出した。

駅員は泊まり勤務が基本であるとはいえ、それ以外の勤務もある。今日の壮太のように、朝から勤務して夕方のラッシュを捌いた後に家に帰ることも少なくはない。勤務シフトは、上長が出勤する人間の数、各員の休暇の予定などをふまえて毎月決定しているため不規則だ。

「あ、佐保さん」

「お。壮太ちゃん。帰り？」

廊下で佐保と出くわした。

「はい。後はよろしくお願いします」

「はいはーい。お疲れ様」

「あ、そうだ」

壮太はふと思いついて口にした。

「最近、夜中にホームレスのヒゲヨシさんが忍び込んでいることがあるみたいですよ」

「え？　そうなんだ」

「及川助役にも相談しましたが、始発までには出てくれますし、今のところ問題は起きていないのでしばらく様子見ということになってます。一応伝えときますね」

「ありがとう。でも、なんでそれをわざわざ私に？」

「夜中にオバケと勘違いして気絶しそうなのは、佐保さんくらいかなあと……」

佐保はふん、と鼻息を吹いて壮太を見た。

「見損なわないでよ。平気だもん、それくらい」

✤

「貨物列車に乗っていると、色々と考えるもんさ」

清水が言う。ヒゲヨシは黙ったまま頷いた。

二人は、会うたびにホームのベンチで会話するようになっていた。

「どんなことを？」

ヒゲヨシは聞く。

清水との話は楽しかった。

貨物列車に清水が乗っている日は、週に一回、多くて二回。今日は会えるか、会えないか……そんな気持ちで駅に忍び込み、ベンチで眠る日が増えた。

「友達のイカ釣り漁師が言ってた。小さな漁船で、海をたった一人で漂っている時な、何とも言えない気分になるんだと。夜の海はまるで宇宙空間だ。夜空と大海、二つの闇に取り囲まれて船は浮かんでいる。夢の中みたいにな。そして、これが夢なのか、現実なのかわからなくなっていく。漁を終えて帰る家も、そこが現実なのか、夢なのか判然としない……」

「へえ」

仮に清水に会えなくても、残念だとは思わない。ただ、会えたら少しだけ雑談をする。それが楽しかったし、それで十分だった。

なるべく始発前に起きて出て行くようにもしている。駅員に怒られて、この時間を失いたくはなかったから。

清水は煙草を吸いながら続ける。

「貨物列車もそれに似ているよ。長いトンネルを抜けて、真っ暗な街を通り過ぎて、ほとんど駅にも止まらず、ただ走り続ける。わからなくなってくるのさ。電車が走っているのか、それとも街が動いているのか。たった一人俺は現実から切り離されて、小さな運転室の中で、ただ世界が巡るのを眺めている。自分が生きているのか死んでいるのかすら、わからなくなっていくんだ」

「……面白いな」

ヒゲヨシは頷いた。

生きているのか死んでいるのかわからない。自分も毎日そう感じているせいか、親近感を覚えた。

「たまにこうして、駅で人間と話すだろ」

清水がこちらを見る。

「その時だけ俺は人間に戻る。また駅を離れたら、何かよくわからないものに戻るわけだ」

「……仕事が終わったら、家に帰るんだろ」

「家に帰っても、何もねえよ」

「家族は？」

「死んだ」

清水はさびしげに微笑んだまま言った。絶句しているヒゲヨシをよそに話し続ける。

「嫁と娘がいたんだけどよ。交通事故で、あっさりと二人とも逝っちまった。もう十年以上前の話だよ」

ヒゲヨシはまばたきし、目の前の清水をじっと見つめた。

「その時も、運転士だったのか？」

清水は頷いた。

「昔も、今も運転士だ。二人が幼稚園の帰りに事故に遭った時も、俺は電車に乗ってた」

「そうか……」

くはっ、と笑うように大口を開けて息を吐き、清水は満天の星を見上げる。

「楽しかったなあ、毎日が。嫁は料理上手でよ、娘は可愛くてよ。俺が帰るとな、飛び起きて駆け寄って来るんだ。台所からは味噌汁のいい匂いがしてな。嫁がにっこり、俺と娘を見つめててよ……毎日、毎日本当に楽しかった、充実してた。夢みたいだった。そうだな。夢だったんだよ、あれは全部。どんな夢でも、目覚めればふいと消えてしまう。残ったのは、貨物列車だけだ」

口調から、おそらくは笑っているのだろうことはわかった。だがヒゲヨシは恐ろしくて清水の顔を見られなかった。

「生きているのか死んでいるのかわからない、そんな貨物列車だけが、結局は現実だったんだよなあ……」

清水の吐き出した煙が空に消えていく。

思えば最初から不思議だった。清水とヒゲヨシは何故だか気が合ったし、何も言わずとも互いに心地よい距離感を保っているように思えた。そうだ、二人は似ているのだ。

不器用なところも、過去も、そして家族を失ってからというもの、夜の海で漂う漁船のような人生が続き、今に至るという点も……。

「お前も似たようなもんなんだろ、ヒゲヨシ」

「……ああ。そうかもな。ちゃんと働いている分、お前の方がよほど立派だけどよ」

清水がその澄んだ瞳をこちらに向けた。こいつはわかっている。俺が清水を同類だと感じたように、清水もまたそう思っているのだ。

急に清水の存在が危うく見え始めた。

首に残った痣がうずき、ヒゲヨシは思わず手で押さえる。

清水はある日突然いなくなってしまうのではないか。今はこうして話していても、明日急に思い立って首を吊ってもおかしくないのではないか。同類だからこそ、そう感じられる。

恐怖が足元から立ち上り、ヒゲヨシはぶるっと震えた。

「さあて行くかな」

清水が立ち上がる。

「気を付けて行けよ、清水」

「おう……またな」

煙草を携帯灰皿に放り込む清水に、ヒゲヨシはこれまで聞かなかったことをあえて聞いた。

「次はいつ、ここに来るんだ？」

振り返らず、清水はぼそりと答えた。

「水曜日かな。ま、約束はできんよ」

そして背を向けたまま軽く手を上げると、そのまま運転室に入っていった。

⚜

「あのー……」

おそるおそる中井佐保は、ベンチに座っているヒゲヨシに声をかける。

「もうすぐ始発が来るんですが」

「………」

ヒゲヨシの目は開いていた。じっと考え事をしたまま動かない。

「ヒゲヨシさーん。もしもーし」

佐保が彼の目の前で手を振って見せると、ようやく反応を示した。

「なあ、駅員のお嬢ちゃん。ちょっと聞きたいんだけどよ」

「はい？」

「鉄道員ってのはさ。その……誰かの様子がおかしかったりしたら、ちゃんと周りが気付けるようになってるのか？」

思わぬ質問に、佐保は目を白黒させた。

「ええっと、それはどういう……」

ヒゲヨシも頭を引っ掻きながら、何とかうまい言い回しを探しているようだった。

「つまりだなあ、こんなことを言うのもなんだけど……あくまで例えばなんだが、仲間の一人が悩んでて、その……鬱《うつ》になったりとか、自殺とか考えたりしたらさ。ちゃんと防ぐような仕組みがあるのかってこと」

「…………？」

一体何をこのホームレスは懸念しているのだろう。想像もつかなかったが、佐保は首をひねりながら答えた。

「どの部署でも上長が全員に目を配っているとは思いますし、何かあれば同僚の誰かが気がつくとは思いますよ」

「そ、そうか……ならいいんだが」

愛想笑いを浮かべながら、佐保は催促した。

「いいですか？　もうすぐ始発なので、出てもらっても……」

「ああ、そうだな、すまん」

ヒゲヨシは慌てた様子で荷物を持って立ち上がった。ベンチは別に汚れてもいなかったが、ヒゲヨシはハンカチで自分の座っていた場所をさっさっと拭う。

それから何か考え込むように俯きながら、ヒゲヨシはゆっくりと階段を上っていった。

⚜

水曜日の深夜、約束通りやってきた貨物列車と清水を見て、ヒゲヨシはほっと息をついた。

「よう。ちゃんと来たな」

「まあな」

清水は相変わらず飄々《ひょうひょう》とした態度で手を振り、近づいてくる。持っていた包みを掲げてみせながら、ヒゲヨシは笑う。

「おいヒゲヨシ、何だそれ。また大福か」

「いや。今日はいなりずしだそうだ。一緒に食おうや」

「どこから調達してるんだ？　それは」

「掃除《そうじ》してると、おばあさんがくれるんだよ」

くはっ、と清水は笑った。

「年上にモテるんだな。じゃあ遠慮なくいただくよ」

出汁《だし》がよく染み込んだ油揚げに包まれた、シラス入りの酢飯。口の中でほろほろとほぐれ、旨味が舌一杯に広がる。二人でいなりずしをつまむ中、ヒゲヨシは切り出した。

「なあ清水。嫁さんと子供、失ったって言ってたな」

「……ああ」

「俺もそうなんだ。事故じゃないが」

「離婚か?」

清水はいつものように煙草を取り出す。

「そんなところだ。もう、連絡も取れない」

「……ふうん」

暗闇に、清水がつけるライターの光が雷のように広がり、すぐに消えた。

「あれから俺は胸にぽっかり穴が開いたようで。何をやっても、生きがいを感じられないんだ。惰性で生きている……なあ、怖くはないか?」

「ん……何が」

清水は遠くを見つめている。

「そんな気持ちでいると、いつかふっと死んじまうんじゃないかと思わないか」

おそるおそる言ったヒゲヨシの目の前で、清水は頷いた。

「だろうな」

「清水……」

「いつ死んだって構わないとは思ってるよ。別に自分で人生の幕を下ろしてもいい。きっかけがないだけだ」

ヒゲヨシの心臓がどきりと震えた。

そうだ。きっかけがないだけなのだ。死ぬなら、嫁と娘がいなくなった日に死ねばよかった。しかしそこで失敗し、タイミングを逃してしまったから、ずるずると生き続けている。生きるきっかけも、死ぬきっかけもないまま。

清水と自分の心が思った以上に近似しているのを知り、ヒゲヨシの声は震えた。

「お、俺もそうだが……だけど……その、死ぬだなんて……」

「何動揺してんだ？　お互い様だろ」

「ま、まあな」

自分でも不思議だった。どうしてこんなに不安になるのだろう。自分が死ぬことは平気だった、むしろ早く死にたいとすら考えていた。にも拘《かか》わらず、清水が自殺するかもしれないと思うと恐ろしい。

「なあ清水。今度飲みにでも行かないか」

目を丸くして清水はこちらを見た。

「ホームレスのお前と？　金、あるのかよ」

「現金作る術くらいある」

「ふうん……まあ、休みの日ならいいぜ」

「よし。約束だからな。お前、どこに住んでるんだ?」

「あさつり台《だい》」

藤乃沢から二駅離れた駅名を口にし、清水はポケットの中をがさごそと漁った。ヒゲヨシは続ける。

「こうしよう。電話番号を教えてくれ。俺がその最寄駅まで行ったら、公衆電話からかけるからよ……」

ひょいと懐から何かを取り出し、清水はヒゲヨシの鼻先に突き付けた。白い金属的な光沢を放つ煙草の箱大の物体。それが何なのか一瞬わからず、ヒゲヨシは目をしばたたかせる。清水が言う。

「これ、お前持ってろ」

「携帯電話か……」

受け取った機械の表面には多少の傷がある。分厚く、大きい。最近の携帯電話とはだいぶ形が違った。古い機種のようだ。

「え? まさか俺にくれるのか、これ?」

「おいおい、やるわけじゃないぞ。その飲みの連絡に使ってくれ。他の用途に使うな、絶対になくすな、終わったら返せ。いいな」

これにはヒゲヨシの方が慌てた。

「おい清水、考えろ。俺はホームレスだぞ。どう使うかわかったもんじゃないだろ」

「悪いことをするホームレスもいれば、悪いことができないからホームレスになった奴もいる。俺はお前を信用してんだ」

「いや、だけど……」

たとえ信用していたって、そう簡単に預けるだろうか。清水の感覚が理解できず、ヒゲヨシは手元の携帯電話を弄《もてあそ》んだ。

「その携帯には俺の連絡先が入ってる。そっからかけろ」

「ってことは……お前は二台、携帯を持っているのか？」

「ああ。それは妻の携帯だ。ずっと解約できなくてな、持て余してたのよ。こういう時にでも有効活用しないとな」

清水はさらりと言った。ヒゲヨシの背に寒気が走る。

「妻の携帯だって？」

そんなに大切なものを、ただの知り合いである俺に渡すなんて。

ふと自分が首を吊った時が思い出された。死ぬ決意を固め、ロープを準備したり、死に場所を探したりする中で……後始末についても考え始めるものだ。

私物を整理し始めた時の、あの感覚。

じきに死ぬと思うと、あらゆるものに執着を失っていく。お気に入りの時計も、服も、趣味の物品も、思い出の品も……手元に置いておいても、何の意味もない。価値のないものは捨て、価値あるものはほとんど人にやってしまった。そのたびに、不思議な顔をされるのだ。

お前、こんなもの人にやっていいのかと。

ちょうど今、ヒゲヨシが清水に対して思っているように……。

「公衆電話からの電話っての、俺は基本出ないんだよ。知らない電話番号からの電話が嫌でな。だから、まあそういうことで」

清水はぼそぼそと言う。震える手で携帯電話を掴んだまま、ヒゲヨシは相手の顔を覗き込んだ。

「ん？」

清水の表情は、いつもと変わりないように思えた。死の覚悟ゆえなのか、それともヒゲヨシの考えすぎなのか、判断がつかない。

「清水……絶対行くからな。飲み」

「ああ。じゃあまたな」

「次はいつ頃来るんだ？」

「日曜日だな」

二人は立ち上がり、一緒に貨物列車の近くまで歩いた。

「おや、雨か」

額に落ちた水滴を拭い、清水が言う。

しとしとと、囁くような音で雨が降り始めていた。

⚜

「今日も雨か……」

中井佐保が窓際で頬杖したまま外を見て、言った。

「ここ数日、天気が崩れ気味ですね」

夏目壮太は窓口に座っている。日曜日の午後、それも雨ということもあり、客の数は多くなかった。

「知ってる？　日曜日の雨の日って、自殺者が多いんだって」

「また佐保さんお得意のオカルト情報ですか？」

「違うよ、ちゃんと根拠があるんだから。翌日から仕事でただでさえ滅入ってるのに、雨だと余計に憂鬱になっちゃうんだって」

「わかるような気もしますが……僕たち駅員にはやっぱり、関係ないですね」

「ね。曜日で働くっていう感覚がもう、違うもんね」

壮太はぼんやりと、改札口を左右に行き交う人々を眺めていた。

こうして自分だけ動かずに、ただ川や雲の流れでも見るように座っていると、何かに気付くような気がすることもある。確かに雨の日は、傘を持って面倒そうに乗客が歩いているようにも感じられる。その一方で、嬉しそうに合羽《カッパ》を着て歩く小さな女の子がいたり、傘を持って迎えに来た彼女と笑いながら帰宅する男を見かけたりもする。

全てが背景に見えるのに、みな自分の人生では主人公。これだけたくさんの人生があちこちから集まってきて、駅で束の間すれ違い、互いに名前も知らぬまま、また散り散りに離れていく。

売店の脇、髭もじゃもじゃの男が立っている。ホームレスのヒゲヨシだ。その手にあるものを見て、壮太は目を疑った。携帯電話だった。彼にそんなものを買うお金があるのか？ 仕事を始めて、購入したのだろうか。あるいは、誰かに持たせてもらったのだろうか。

ヒゲヨシは携帯電話をいじったり、外を眺めたり、拾ってきたものだろう新聞に目を通したり……雨で行き場がない中、構内で時間を潰しているように見えた。追い出すのも気が引ける。

壮太はしばらくヒゲヨシを見つめてから、やがて目を逸らす。

そして再び、目の前の景色をどこにも焦点を合わさずに眺めつづけた。

⚜

終電が行ってしまっても、雨は止まなかった。より激しくなり、屋根にばらばらと音を立てて降り続いている。ヒゲヨシはいつものように駅に忍び込んでいた。雨をしのぐためではなく、清水と会うためであった。

あれから数日、ヒゲヨシは空き缶やペットボトルを集めて業者に持ち込み、小金を稼いでいる。しかしまだ飲みに行くほどの金は溜まっていない。何度か携帯から電話をかけて、早まったことはしないようにと確認したい衝動にかられたが、我慢してきた。

清水はまだ無事だろうか。

俺の悪い想像が現実にならなければ良いのだが。

ヒゲヨシは落ち着かない気持ちで、ホームを歩き回る。

どうしてこんなに心配になるのだろう。自分でもよくわからなかった。

ホームレスになってから他人への執着は薄くなった。自分の方が大事だからである。明日の命すら知れない身で、他人を気づかう余裕などない……はずだった。

しかし清水については、まるで血を分けた兄弟のように思っている自分がいた。万が一死を選ぼうとしているのであれば、何としても止めたかった。お前はまだやり直せる。死ぬなと伝えたかった。

どうしてだ？　俺にそれを言う権利なんてないはずだ。なぜこんなにも俺は……。

ホームの中ごろには事務室がある。明かりの消えた事務室の窓には、ヒゲヨシの顔が映る。髭も髪も伸び放題の、皺だらけの顔。いつの間にかすっかり醜くなった自分を見つめていて、ふっと理解した。

俺は、清水を自分と重ねているのかもしれない……。

清水の自殺を止めたいんじゃない。

俺の自殺を止めたいんだ。

人気のない川岸、日が落ちかけた午後。自分の首に縄を巻いて、誰にも止められず誰にも必要とされていなかった過去の俺を、止めてやりたいんだ。妻がいなくなって、娘がいなくなって、何がしたいのか生きてるのか死んでいるのか何にもわからなくなった俺に……。

それでも生きろと。

伝えたいんだ。

あの時一番必要だったのは、そういうことのはずだから。

「俺の我儘《わがまま》に付き合わせてるわけだな。悪いなあ、清水……」

独りごちて、何気なく時計を見る。そして目を疑った。

午前三時。

慌てて携帯電話の時刻も確認する。同じく、三時であった。時計が壊れているわけではない。いつもだったら、清水の乗る貨物列車は午前二時頃にはやってきていた。しかし今日は、この時間になっても一向に走行音が聞こえてこない。

何かあったのだろうか。

ヒゲヨシは立ち上がった。

嫌な予感がした。


「……くそ。載ってねえ」

駅に掲示されているどの時刻表を見ても同じだった。貨物列車の時刻表はどこにもない。確かに貨物列車の到着時刻など、乗客が知ったところで何の意味もないのだから、載せてなくて当然なのだが。

日曜日だけ到着時刻が遅いという可能性も考えたのだが、確かめる術はない。

「どうなってんだよ」

呟きながらホームから降り、線路に耳をつけてみる。走行音は聞こえてこない。冷ややかな鉄の感触が伝わってきただけだ。いてもたってもいられない。意味もなくあたりを見回す。雨は少しずつ弱まってきているが、どこかで土砂崩れでも起きて、貨物電車が遅れているのだろうか。何か、状況を知る方法はないか……。

そこでようやく、ヒゲヨシは携帯電話の存在を思い出した。

充電はしていない。残り電池は半分ほどになっている。こんなものをいじるのは久しぶりだ。おぼつかない動作ではあったがアドレス帳を開き、清水潔《きよし》の名前を見つけて電話をかける。

数コール後、留守番電話サービスに繋がった。もう一度かけ直してみても同じ。

電源は入っているようだが、勤務中でマナーモードにしているのだろうか。それとも、電話に出られない状態になっているのか……ヒゲヨシはさらに携帯電話をいじりまわす。こう見えても俺は、拾った週刊誌や新聞に目を通し続けている。インテリホームレスなんだ。携帯の操作くらい、できる。

様々なボタンを試し、ようやくヒゲヨシは目的の機能に辿りついた。それはGPS追跡サービス。嫁さんが持っていた携帯だと言っていた。防犯上、夫婦でGPS追跡サービスができるように設定している可能性はある。祈るような思いでボタンを押したところ、うまく繋がった。

清水の電話番号を入力し、その携帯電話の現在位置を検索する。少し料金がかかるようだったが、仕方ない。後でその分を自分が払えばいいだろう。

数十秒の時間が経過した。

砂時計の表示が消え、地図が画面に現れる。

ヒゲヨシは絶句した。

どこだ、ここは。

地図の中心に赤いマークが表示されている。その付近に清水がいることを示している。だが、ここは一体どこなんだ。地図は一面緑一色で、何の目標物も付近に見当たらない。慌てて縮尺をいじる。二段階ほど縮小したところで、近くに久木田川《くきたがわ》という川が流れていること、そして緑の部分は久木山という山であることがわかった。

さらに縮小すると、ようやく地名らしき文字が現れる。地図を横断している線路の表示も見えた。蛍川鉄道のずっと北を走っている路線だ。ざっと目算してみても、清水の現在地と線路は数キロはかけ離れている。

清水は今、線路の上にはいない。

山の中にいる。真夜中に。

……なぜ。

どくん、どくんと心臓が脈打った。

ロープを持ち、山に一人入っていく清水の姿が思い浮かぶ。あの少し疲れたような顔で、白いものが交じった髪を掻き上げながら、くはっと自嘲《じちょう》するように笑って。登山道から離れ、人気のない暗がりに入り、丈夫な枝を見つけて……ここで終わらせようと、最後の煙草を吸う。

「だめだ!」

ヒゲヨシは叫んでいた。

だめだ、だめだ、だめだ……。

もう一度電話をかける。やはり繋がらない。ヒゲヨシは拳を握り、歯を食いしばった。どうする。ただのホームレスである俺に、できることなどない。車も持っていなければ、頼れる知人もいないのだ。

だけど俺は知っている。

顔を上げて駅舎を見上げた。

この時間であっても、あの中には人間がいること。そして彼らは鉄道に関してはプロフェッショナルであること……。

ヒゲヨシは走り出した。動かないエスカレーターの脇を駆け上がり、階段に張られたロープを乗り越え、人気のない真っ暗な駅の中へと。

⚜

「うわあ……」

休憩室の扉が半開きになり、隙間から佐保がこちらを覗いている。

「何ですか佐保さん」

壮太は手にしていた雑誌を閉じ、そっとちゃぶ台の上に置いた。

「いやあ。渋い雑誌読んでるなと思って」

「これですか」

表紙には見るも鮮やかな緑の中、身をくねらせている木の枝。盆栽《ぼんさい》通信、とひどく地味なフォントで題されている。

「僕が持ってきたのではなく、置いてあったんですよ。でも、なかなか面白いです。針金を巻きつけて木を曲げていくのは知っていたのですが、まさかあの針金が生長の過程で木に飲み込まれてしまうとは……」

「ああ、うん、そう……ごめん、あんまり興味ない」

佐保は曖昧に笑い、室内に入ってくるとソファに腰かけた。

「こんな時間にどうしたんですか」

「壮太ちゃんこそ」

「僕は、最近眠りが浅いと言ったと思いますが……」

壮太は湯呑を口に運び、ずずずとお茶をすすって息を吐く。佐保はしばらく考え込んでから意を決したように言った。

「ねえ、変な音聞こえなかった？」

「え？」

「扉を叩くような音。私、それで起きちゃって」

「風か、雨か、オバケじゃないですか？」

青ざめた顔で佐保が俯く。

「最後のはシャレにならないんだけど」

「しかし音ですか。そういえば僕も、変な音を聞いたような……」

壮太は外の様子を見ようと、休憩室の窓を開けた。

その時だった。

ガンガンと激しい音と共に、野太い声が聞こえた。

「おーい、誰かいないのか！　起きてくれ、頼むよ！　大変なんだっ！」

「こんばんは、ヒゲヨシさん。どうしましたか」

制服に着替えている暇もなく、壮太と佐保は寝間着代わりのジャージ姿のまま職員用の扉から出た。そこではヒゲヨシが息を切らしている。ずっと扉を叩いていたのだろう、右手が赤くなっていた。

「ああ……その、夜中にすまない。ちょっと、相談したいことがある」

「相談したいこと？」

「俺の友達に、何かあったかもしれないんだ！　急いで助けに向かわないとならないんだ」

ヒゲヨシは鬼気迫る表情であった。

「ええと、まずはこれでも飲んで。詳しいお話をお聞かせください」

壮太はそう言って、コップに水を入れて差し出した。

「自殺……ですか？　うちの運転士が？」

場所を窓口事務室に変え、ヒゲヨシと机を挟んで向き合いながら壮太は確認する。ヒゲヨシは頷いた。コップの中身を一気に飲み干した際についたのであろう水滴が、口髭で揺れている。

「そうなんだ。名前は清水潔、友達なんだ。いつも電車が来るはずなのに、今日は来ない。絶対何かあったはずなんだ。このGPS追跡を見てくれよ、山の中だろ？　こんなところに夜中に行っているなんて、おかしいんだ」

壮太は画面を覗き込む。

「ずいぶん山奥ですね……うちの路線とも離れていますし。しかしこの携帯はどうしたんです」

「今度飲む約束をしていて、貸してもらったんだよ」

「なるほど……その清水さんと、ヒゲヨシさんがお知り合いであることを証明するものは、何かありますか？　その携帯は拾ったのではなく借りたという証拠は……」

「う、疑ってるのかよ」

ヒゲヨシは顔を歪めた。壮太は頭を下げる。

「すみません。ただ運転士に関する情報は個人情報ですし、会社の機密でもあります。簡単にはお教えできないのです」

「そ、そんなこと言ったって……なあ。信じてくれよ。こんなことで嘘ついたって、仕方ないだろう。俺はホームレスだぜ。わざわざ夜中にあんたらを叩き起こして、怒られるような真似はしないよ。ねぐらを自ら失うようなもんだ」

壮太が考え込んでいるのを見て、ヒゲヨシは熱弁する。

「清水は嫁さんと娘さんを事故で亡くしてるんだ。もう十年も前だって言ってたが……でも、俺にはわかる。生きがいをなくしてしまうとな、ある日ふっと死にたくなるもんなんだよ。惰性で生きているから、普通より死ぬハードルが低いんだ。ありえるんだ、そういうことが。なあ、一刻を争うんだ、頼む！」

論理性は全くなかった。だが、ヒゲヨシがそう確信しているということだけは伝わってくる。冗談やイタズラではなさそうだった。

「どうする、壮太ちゃん」壮太の横で佐保が囁いた。

「とにかく、調べてみるしかないでしょうね」

壮太は頷いた。それからヒゲヨシを見る。

「調べた結果をヒゲヨシさんにすぐにお伝えするかどうかは、上長と相談します。ただ、念のため運転区に該当の運転士の安否を確認してみますよ」

「あ、ありがとう！　話がわかるな、兄ちゃん！」

「じゃあ佐保さん。僕は電話をしますので、佐保さんは及川助役に確認を取って来てもらえますか」

「え……」

　佐保は硬直する。

「男子の仮眠室に入って、ぐっすり寝てる及川助役を起こして、事情を説明して、確認してこい……っていうの？」

「そうですね。それとも、ぐっすり寝てるはずの運転区に電話をかけて、睡眠を妨害されて不機嫌な運転区長をなだめながら確認する仕事の方をやってくれますか」

　壮太はさらりと言う。

「明日の朝じゃだめなの？」

「僕もそうしたいのはやまやまですが……」

　ヒゲヨシが血走った目をこちらに向けている。

「人の生き死にが関わっています。やれることはやるべきでしょう」

　佐保は真剣な顔になり、頷いた。

「……わかった。行ってくる」

飛び出していく佐保を見送りながら、壮太は電話の受話器を取り、番号を押し始めた。

「……そうですか。夜分に申し訳ありませんでした。はい。本当に、失礼しました。以後気をつけます」

電話しながら何度も頭を下げる壮太を、不安そうにヒゲヨシが見つめていた。受話器を置き、壮太は首をひねる。

「おかしいな……どういうことだろう」

それからもう一度、別の番号にかけて受話器を耳に当てた。

「運転士が自殺だって？」

ダークブラウンの地にチェック柄の寝巻を着た及川助役が、佐保に連れられて窓口事務室に入ってきた。髪が多少はねてはいたが、その目はいつもと同じく理知的であった。

「及川助役、その疑いがあるというだけです。まだ確定してません。今、壮太ちゃんが問い合わせてますから……」

佐保が言う前で、壮太は受話器を置いた。そして頬に手を当ててしばらく考え込む。

「壮太ちゃん、どうだった？　連絡、ついた？」

「それが妙なんですよね」

「妙って?」

ヒゲヨシも心配そうな顔で身を乗り出す。壮太はさきほどヒゲヨシの話を聞きながらとったメモを見ながら聞いた。

「ヒゲヨシさん。その運転士さんの名前は、清水潔さんで間違いないんですよね」

「ああ、そうだ」

「ええと、年齢は四十後半から五十というところで、十年ほど前に奥さんと娘さんを亡くしていて、煙草を吸う。で、ヒゲヨシさんとはお友達」

「そうだ。それで間違いない」

「うーん……」

「何だ? 何か問題でもあったのか?」

壮太はゆっくりと頷いてから、言った。

「はい。そんな運転士、存在しないそうです」

「……えっ?」

「運転区に問い合わせて、名簿も見てもらいました。清水潔という名前の運転士は現在はもちろん、過去にも存在していません。いないんです。そんな人」

「何……だって」

　ヒゲヨシが目を見開き、愕然と立ち尽くす。

「念のため、年齢と、ご家族を亡くされていることも伝えましたが、やはり条件にあてはまる人はいないようです。ホームレスのイタズラに決まっている、そんなの相手にするな、と区長は怒ってらっしゃいました」

「そんな……どうして……」

「ヒゲヨシさん、すみません。その清水さんという運転士ですが、本当に見たんですか？　夢とか、あるいは何かの勘違いでは……」

　机に手をつき、ヒゲヨシはただ虚空を見つめて震えるばかりだった。

♆

　ヒゲヨシは、自分の足元ががらがらと崩れ落ちていくような感覚に必死に耐えていた。

　嘘だろ？　清水が存在しない？　どういうことだ？

「そ、そんなはずはない。清水はだって、確かに俺と……」

　必死に主張しようとするが、見つめている駅員三人の前で、語尾はかすれて消えていく。

証拠はないのだ。

清水と俺が会っていたのは、夜中のほんの数十分だけ。誰も俺たちが話すのを見ていないし、誰も知らないはずだ。ねぐらとして駅を教えてくれた、マツにすら話していない。清水の存在を確信しているのは、ただ俺一人だけ。

だけど、だけど、まさか……。

頭の中でいくつもの光景が行き来する。

運転席からこちらを見る、清水の少し垂れた目。煙草をつける時の仕草。くはっ、と声を出しながらのあの笑い方。

苺大福をうまそうに食った顔。共に見上げた満天の星。

清水の声がありありと頭に浮かぶ。

――わからなくなってくるのさ。電車が走っているのか、それとも街が動いているのか。たった一人俺は現実から切り離されて、小さな運転室の中で、ただ世界が巡るのを眺めている。自分が生きているのか死んでいるのかすら、わからなくなっていくんだ――

そんな、馬鹿な。

――たまにこうして駅で人間と話すだろ。その時だけ俺は人間に戻る。また駅を離れたら、何かよくわからないものに戻るわけだ――

あの清水は。

どこからか貨物列車に乗ってやってきて、俺と雑談をして、またどことも知れぬ闇に消えて行く清水は。

幽霊だったとでもいうのか？

気が遠くなりそうだった。ヒゲヨシはふらふらとよろめき、どすんと座り込む。背後で女性の駅員が、椅子を支えてくれていた。顔を覆う。闇が目の前に広がる。

彼がこの世ならぬものだと言われれば、そうかもしれないと思ってしまう自分がいた。

そもそも清水の存在は、できすぎていた。俺に似ているところがあって、俺を簡単に受け入れてくれた。何もかも都合がよすぎたのではないか？　俺が作り出した幻影か何かだと言われても、納得じゃないか……。

ふと、机の上で手が硬いものに触れた。それが何か理解した時、ヒゲヨシははっと息を呑む。

違う。

やっぱり違う。

「清水は幽霊なんかじゃない、幻影でもない、存在するはずだ。だってそうだろ、この携帯電話が証拠だ、清水は俺にこれを渡したんだからな！」

置きっぱなしだった携帯を掲げ、かすれた声で言い放つ。若い男の駅員がじっとこちらを見つめている。しばらくの間、沈黙だけがあたりを支配した。

「そうなんですよね。その携帯があるんですものね」

「でも壮太ちゃん。名簿にないんだから、清水さんって人がいないのは間違いないわけでしょう」

「佐保の言う通りだな。まさか見間違えたとも思えん。しかし、他にどういう可能性があるか……わかるか、壮太?」

駅員は口々に言う。

壮太と呼ばれた若い男の駅員が、しばらく無言で宙を見つめていたかと思うと、ふいにその涼しげな目をヒゲヨシに向けた。

「ちょっと、引っかかっていることがあるんですが……ヒゲヨシさん、いくつか質問してもよろしいですか?」

⚜

壮太はヒゲヨシに聞く。

「清水さんの行方がわからなくなったのは、いつ頃なんですか」

「さっき言っただろ。いつも電車が来るはずの時間に来ないから、変だと思って……」

「彼の運転している電車が、時間通りに来ていないということですか？」

「そうだよ。たっぷり一時間以上は遅れてる」

　及川助役が不思議そうに口を開いた。

「変だな。今日は蛍川鉄道では電車の遅延はなかったはずだが……」

「でも、実際に来ていないんだ。そしてGPS追跡で確かめたら、この山の中だ」

　もう一度ヒゲヨシが画面を開いて見せてくれた。全員がそれを覗き込む。確かに山のど真ん中である。壮太は聞いた。

「すみません。これ、午前三時十五分時点での検索結果、と書いてありますよね。現在位置を更新しても良いですか？」

「え？　ああ、構わんが」

「では失礼して」

　壮太はボタンをいじり、再検索を行う。数十秒の待機時間の後、画面が表示された。

「あれっ？　動いてる」

　佐保が声を上げた。

「何？」

ヒゲヨシも覗き込む。

「動いてますね……」

壮太は呟く。確かに動いていた。先ほどは山の中が現在位置として表示されていたのに対し、今は市街地が表示されている。周囲に山は影も形もない。かなりの距離を移動しているようだ。

「ここ、吉祥《きっしょう》駅の近くだな。住宅街の方だ」

及川助役が言った。

「何だって？　山じゃないのか……？　じゃあ、じゃあ清水は」

戸惑うヒゲヨシ。壮太は頭の中で計算していた。一時間前に久木山にいて、今吉祥のあたりにいる。移動速度はかなり速い。となると。

「ヒゲヨシさん。ひょっとして清水さんは、電車に乗っているんじゃないでしょうか」

「え？　どういうことだ、山を下りて電車に乗ったってことか？」

「いえ。山でも電車に乗っていて、今も電車に乗っているんです」

「そんなはずがないだろう。どこにも線路なんて表示されていないぞ。山の中でもそうだったし、この市街地の地図にも……」

あ、と佐保が口を開けた。

「及川助役、佐保さん。どうやら僕たちは勘違いをしていたようです。ヒゲヨシさんが言う〝遅延した列車〟は蛍川鉄道の列車ではないと考えれば、辻褄《つじつま》があいそうです」

なるほど、と及川助役も頷く。

ヒゲヨシだけが、ついていけずに周囲を見回していた。

「ヒゲヨシさん。ひょっとしてその、清水という運転士は……」

壮太は聞く。

「貨物列車の運転士なのではありませんか？」

⚜

ヒゲヨシは壮太たち駅員と共に、藤乃沢駅のホームに立って草間駅側を見つめていた。まだ降り続けている雨が、しとしとと音を立てている。

「ほ、本当だ。本当に……来た」

思わず声が出る。走行音が聞こえ、警笛が鳴り、そしてライトが闇を切り裂いて輝く。力強く振動しながら、何台ものコンテナを引き連れたずぶ濡れの貨物列車がヒゲヨシの目の前に滑り込んでくると、甲高くブレーキ音を立てながら停車した。

「清水。清水！」

名を呼び、手を振りながらホームを運転室側へと走る。貨物列車の先頭で窓が開き、何事かと男が顔を出した。清水だった。

「おお、無事だったか、清水！」

「……ヒゲヨシ？　どうしたんだよ一体」

何のことかわからない、という顔で清水が首を傾げる。

「バカ野郎、お前が死んだかと思ってこっちは心配したんだ」

「おいおい、何言ってんだ……確かにちょっと雨で足止め食ったけどよ。少し遅れただけじゃないか。とにかく今、そっちに行く」

清水は列車から降りると、ホームに上ってヒゲヨシの傍までやってきた。及川助役と呼ばれていた背の高い男性がぺこりと頭を下げて挨拶をする。

「あなたが清水さんですね。どうも、初めまして。蛍川鉄道の及川です」

清水もひょいと帽子を取って礼をした。

「ああ、どうも。JR貨物の清水と申します。どうしたんですか、皆さんこんな夜中に」

「それはですね……」

及川助役が清水に説明をし始める。ヒゲヨシが茫然と見つめていると、横から壮太が言った。

「別会社なんですよ」

ヒゲヨシは息を吐く。

「そう……だったのか」

「蛍川鉄道の運転区に問い合わせても、該当の人物が存在しないはずです。清水さんはJR貨物の運転区に在籍している方ですからね。ダイヤも、蛍川鉄道と貨物列車では別。蛍川鉄道が遅れていなくても貨物列車が遅れることはありえますし、その逆もしかり。もちろん、多少の影響は与え合いますけどね。今では貨物列車と旅客列車は、別の会社が運行していることがほとんどなんです。これはJR東日本とJR貨物でもそうですし、蛍川鉄道も例外ではありません」

「別会社なのに、同じ線路を使っているのか？」

「蛍川鉄道の一部の区間は、使用料を取って貨物の会社さんにお貸ししているのですよ。貨物列車はそこを使うというわけです。ただし昼間は旅客輸送の列車が走りますので、どうしても貸せるのは夜間、旅客の終電後の時間が多くなりますけどね」

「ああ。だから貨物列車は夜中に走っているのか……」

「そうです。貨物の運転士と、旅客の運転士とではほとんど顔を合わせる機会すらないでしょう。昔は旅客も貨物も同じ会社が行っていたんですけれどね、国鉄分割が行われた結果、今のような形になってしまいました」

ヒゲヨシはまだ納得がいかない、という顔で壮太を見つめた。

「でも待ってくれ。わからないことがある。さっきGPS追跡で見た時、山の中や市街地に清水はいたじゃないか。あれは……どういうことなんだ」

壮太は何でもないことのように答える。

「貨物列車がそこを走っていたのですよ」

「山の中だぞ？　線路の表示もなかった！」

「あるんです」

「……え？」

「あるんですよ。詳しい地図でない限り載っていない、ほとんど貨物列車しか走らない線路が。貨物線と言うんです」

「貨物線……？」

「旅客用の路線図には、旅客用の路線しか記載されていないのです。しかし、それ以外にも線路は存在するのですよ。あまり駅に停車しない貨物列車ですからね、貨物線はそのほとんどがトンネルだったり、住宅街の地下を走っていたりもします。GPS追跡で変な所が表示されていたのは、貨物線を走っているということに加えて、地下で電波が遮断されて誤差が大きくなっていたのも原因だと思います」

「貨物線……そんなものがあったのか」

「貨物列車専用の駅、貨物駅なんてのもありますよ。まあ、なかなかお客さんの目にはつきにくいですよね。終点のはずの駅なのに、貨物列車がさらに奥に向かって走っていくのを見たことはありませんか？　旅客列車の終点駅でも、貨物列車用の線路はその奥のずっと遠くまで続いていて、別の会社の線路に繋がっていたりもするんです。そうして文字通り、会社の垣根を超えて線路はどこまでも続き、貨物列車はその上を走っているんですよ。そうしないと、北海道のコンテナを福岡まで運んだりはできませんから」

何もかも自分の無知が引き起こした勘違いだったのだ。ヒゲヨシは申し訳なさと安堵《あんど》で体の力が抜けていくのを感じた。

「す……すまない」

ヒゲヨシは膝から崩れ落ちた。うなだれるように頭を下げ、言う。

「俺の勘違いで、夜中に大騒ぎしてしまって……すまなかった」

壮太は笑う。

「まあ、いいんですよ。どうせ僕は起きてましたから。それより、信号待ちの間に清水運転士と話さなくていいんですか？」

はっとヒゲヨシは顔を上げた。清水がにやにやしながらこちらを見下ろしている。及川助役との話は終わったらしく、いつものように軽く手を上げ、ベンチに座るか？　と促している。

「清水……」

ヒゲヨシは立ち上がった。

「すまん。俺の勘違いのせいで、迷惑かけた……」

まずヒゲヨシは頭を下げた。それからベンチに座り、ふうと息を吐いた。

「お前が大事な嫁さんの携帯なんか俺に渡すもんだから、てっきり死ぬ覚悟でもしてるんだと……。いや、これは言い訳だな。すまん。全て俺の考えすぎだった」

清水はヒゲヨシの謝罪には答えず、ぼそりと言った。

「……ちょっと前、親が死んだんだわ」

「え？」

「ぽっくりとな。葬式が終わって墓に入れてやって、それで……俺の家族は誰もいなくなった。未来を託す相手もいなけりゃ、看取ってやるべき相手もいない。すっきりしたもんだよ」

煙草を取り出し、ヒゲヨシにも勧める。一本を受け取った。

「だからかな。そろそろ死んでもいいかもなあ、とは薄々思ってた。自殺する、とまで具体的に考えていたわけじゃないが……」

「清水……」

そこで清水はこちらを向いた。

「よくわかったな、ヒゲヨシ。お前以外には、誰にも気づかれてなかったのに」

にやりと笑って、清水はライターを取り出す。しゅっと音がして、互いの顔が赤く染まった。

「俺を真剣に心配してくれたのは、お前だけだよ、ヒゲヨシ。どうしてなんだ？　どうしてお前が俺をそこまで心配する？」

濃い煙が流れ始める。

「俺は……昔、首を吊った」

ヒゲヨシは首の痣を見せた。縄の食い込んだ古傷。清水がぎょっとして目をこらす。

「でも、失敗した。生き延びちまった。凄く苦しくてな、それ以来挑戦する勇気は出ない。

それから……なんて言うか……中途半端なんだ。死のうとしたのに生きている自分が、どうにも手に負えん」

清水は目を細める。

「ああ、何となくわかるわ、言いたいこと」

「そうか？」

「ああ」

「……とにかく、そのせいかな。清水、お前が死のうとしているならどうしても止めたかった……すまんな。理屈が通ってないかもしれない」

しばらくの沈黙。やがてまた、清水が唐突に切り出す。

「なあヒゲヨシ。貨物列車って、見えない線路を走ってるって知ってるか」

ヒゲヨシは面食らいつつも頷いた。

「さっき聞いたよ。貨物線だろ」

煙草を口にくわえ、大きく吸い込んで清水は吐き、続ける。

「貨物列車は誰にも顧みられない存在だ。たった一人で車掌も乗せず、人に見えない線路を、人が寝ている時間帯に走る。行先表示もなく……一般の時刻表にも表示されておらず……積荷が何かすら、よくわからない。誰も知らない。スーパーに並んでいる北海道産の玉ねぎは見慣れていても、それを運んでいる列車のことは、誰も……」

誰にも見られない、見つからない。

社会の裏側、いわば舞台の楽屋裏でひっそりと生きている存在。

「俺に似てるよ」

ヒゲヨシは言った。

「ホームレスはさ、誰にも見えないんだ。みんなが見ない振りをする。目が合っても、すぐに逸らされる。いないものとして扱われてるんだ。たまに邪魔だったら追い払われるけどな、その先どこに行ったかなんて誰も気にしていない。追い払った先で凍死したとしても、誰も気にしない……」

「ああ。似てるよな。俺たち」

清水は続けた。

「お前が首吊りを失敗して、これまで生きてきたのは、俺の自殺を止めるためだったのかもな」

「何……？」

「俺は、時々お前と煙草吸うためなら、もうしばらく生きていてもいいと思えるんだよ。不思議だな。貨物列車もホームレスも、誰にも見えないはずなのに……見えない同士だと、見つけられるもんなのかな」

清水の言葉は、まるで煙と共に空気となってあたりに広がり、ヒゲヨシの体内に入ってくるように思えた。

「誰かが必要としてくれる……」

清水は自分自身について話しているのに、それはまるでヒゲヨシについて語っているように感じられた。目の前が開けていく。頭の中で様々な人の姿が現れる。掃除をしていたら苺大福をくれたおばあさん。

そうだ、彼女は俺を見ていてくれたじゃないか。清水を俺が見つけたように、おばあさんが俺を。

「そうして人は繋がっていく」

あのおばあさんは小料理屋で、玉ねぎを調理しているかもしれない。清水が運んだ玉ねぎを。人は思わぬところで繋がっているものだ。貨物列車の線路のように。自分が自分を必要としなくても、誰かが代わりに必要としてくれる、いつの間にか、知らないところで。

「人間って、そういうもんなのかもな」

くはっ、と清水は笑った。そしていつもと同じ仕草で腕時計を見ると、立ち上がった。

「飲み、行こうな。ヒゲヨシ。それから今度、俺んちにも遊びに来いよ」

「……ああ。きっとな」

ヒゲヨシは顔を歪めて、何とか笑ってみせた。

心の奥にずっと溜まっていた黒く重い澱《おり》が、なぜだろう、嘘のように溶けていくのがわかる。俺は、ずっと救いたかった俺を、今救ったのかもしれない。清水が俺を救ったとも言えるし、俺が清水を救ったとも言える。結局のところ、俺たちは似ている。

ありがとよ、と清水は小さな声で言った。

そして煙草を携帯灰皿で消し、軽く頭を下げると貨物列車に戻っていく。

彼の運転室が向かう先では、かすかに朝焼けが始まっていた。

⚜

みなで清水運転士の貨物列車を見送った後、佐保が一つため息をついた。

「藤乃沢駅は構内禁煙なんですけどね……」

「とても、注意するわけにはいかない空気だったからなあ」

及川助役は、まだ手を振っているヒゲヨシの後ろ姿を見て頭を掻く。

「そもそも、夜の構内に忍び込むことを、大っぴらに認めるわけにもいかんのだよなあ」

「どのタイミングで注意します？」

壮太が聞く。

「仕方ない。私が折を見て注意しておくよ」

「お願いします、及川助役。いやあ、嫌な役回りだったので助かりました」

及川助役はじろりと壮太と佐保を見る。

「……その代わり、今日もしっかり働いてもらうぞ」

「あ、やっぱりそうですよね……」

佐保と壮太はこみ上げてくる欠伸をこらえながら、駅舎への階段を上った。

いつもよりだいぶ睡眠時間が少ないから、朝の業務はしんどくなりそうだ。元気いっぱいの朝の光が恨めしかった。

⚜

ヒゲヨシはその後、小料理屋のおばあさんにアルバイトとして雇われることになった。

最初は掃除だけだったが、真面目な働きぶりが気に入られたのか、今では簡単な仕込みもやらせてもらっている。毎日玉ねぎを剝《む》き、煮豆を混ぜ、じゃがいもを潰している。

ある日、たまたま余った苺大福をおばあさんが渡してくれた。受け取ったヒゲヨシは、おそるおそるそれを口に入れてみた。

うまかった。

舌の上で溶けるような透き通った甘さ。嚙み応えがありつつも歯離れが良く、米の旨味が染み出てくる餅《もち》。ヒゲヨシは言った。

「うまいです」

おばあさんが笑う。

「でも、前の方がよかったろ？　今回はちと、時間が経ってるからね」

前の苺大福は食っていないとは言えない。ヒゲヨシは無言で頷くばかりだった。おばあさんはふと目を見開き、まじまじとヒゲヨシを見て聞いた。

「……どうした？　涙なんて流して」

ヒゲヨシは慌てて顔を拭う。

「いえ。その、少し……酸っぱくて」

苺は酸っぱかった。

かすかに発酵して炭酸を纏《まと》っていて、爽やかでもあり突き刺すようでもある酸味で、しかしそれが不思議と嫌ではなかった。

# 幕間　電話友達の直子と純一

本間直子は汗を拭きながら、ホームにやってきた電車を眺めた。行先表示板には急行日《ひ》吉《よし》行きと表示されている。東急電鉄の車両だ。車内の座席は一杯だった。できれば座って帰りたかったので、直子は一本見送ることにした。慌ただしく乗り降りする人の流れをぼうっと見つめる。

今日の仕事は久しぶりに早く終わった。明日に備えて早めに寝るか、それともどこかで酒でも飲んで帰るか、なかなか悩ましい。どちらでもいいのだが、こうして悩めるのもまた幸せである。

そうだ、純一の声でも聞こう。

直子は携帯電話を取り出し、無料のインターネット通話アプリを開くと一番上の履歴表示からコールした。

しばらく待つ。

「……もしもし。進藤です」

「純一？　私」

「ああ……直子か」

すぐに違和感に気づいた。純一の声が変だ。音質が悪いせいも多少はあるのだろうが、やけに暗く、抑揚がない。もともとゆっくりと話す男ではあるが、今日は特に陰気だ。

「どうしたの、元気ないね」

「……まあね」

「ちょっとちょっと、どうしちゃったのさ」

「いや……」

純一はもごもごするばかり。学生の頃を思い出した。本当に落ち込んでいる時、いつもこんな感じだった。どう対応したものか迷っていると、電話の向こうで純一がおそるおそる切り出した。

「ねえ直子。直子ってそろそろ……東京戻ってきた？」

「え？」

直子はどきりとする。

「実はちょっとさ、相談したいっていうか……今日、軽く飲みでも行かない？　話を聞いてほしいんだよ」

「あ……」

「忙しかったら無理にとは言わないけど……もし他に予定がなかったら」

直子は息を吐いた。腕時計を見る。まだ十八時半だ。心底残念そうに、直子は言った。

「ごめん、純一。私も相談に乗ってあげたいんだけど……今日は無理なの」

「そうかあ。あの、来週とかは……」

「うーん、当分難しそうなんだ。まだ東京にいないんだ。えっとね、すぐに戻れる距離じゃない、遠くにいるから……」

「……そうなんだ」

深いため息が聞こえてくる。

「純一。直接会うのは無理だけど、電話だったらできるよ。今はちょっと駅なんだけど、帰ったらちゃんと話せるから」

「いや。まあ……いいよ。大丈夫。無理言って悪いね」

携帯電話を耳につけたまま、直子は頭を下げる。

「ごめん」

「気にしないで。じゃあ、また……」

「純一、私そのうち東京戻るから。戻ったタイミングで連絡するから、その時ちゃんと会おう」

「まあ、のんびり待ってるよ……」

「絶対ね」

「うん」

電話は切れた。

物を言わなくなった携帯電話を眺め、直子は額の汗をぬぐう。新しい東急電鉄の車両がホームにやってきたところだった。この電車もなかなか混んでいる。しばらく座れる電車が来ることはなさそうだった。

仕方ない。

直子は諦めてその列車に乗り、「乗務員室」と書かれた窓の近くに立った。

⚜

純一は電話を切り、もう一度大きく息を吐いた。

ダメ元で直子を誘ってみたが、やはり断られたか。以前から遠くにいると言っていたから、期待薄ではあったが。

とはいえ、かなりショックだった。今日は誰かに話を聞いてもらいたい気分なのに、一人なのだ。こういう時に誘える友人というものが、純一には直子くらいしかいない。

直子、早く東京に戻ってきてくれないかな……。

うなだれて足元を見る。

気分が後ろ向きのせいか、嫌な想像が膨らんでいく。

一体直子は、どこにいるんだろう。いつも〝東京ではない〟とか〝簡単に帰って来られる距離ではない〟とか言うばかりで、詳しい話は一度も聞かせてもらっていない。細かく聞くのも何となく気が引けてそのままにしていたが。実際のところ、どうなのだろう？

直子が入った会社では、そんなに転勤はないはずだ。出張が頻繁だという話も聞いた覚えはない。よく考えてみれば変だぞ。

まさか……嘘をつかれている、なんてことは。

純一は軽く頭をはたいた。

やめろ。

直子が俺に嘘なんかついたって仕方ないじゃないか。だいたい、何のために嘘をつくというんだ。

必死に自分を制したが、しかし悪い考えは止まらなかった。

俺と……会いたくないから、だろうか？

東京にいないということにしておけば、俺の誘いを断る理由ができる。自分が都合のいい時に電話はしてくるくせに、俺の都合に合わせるのは嫌だと、そういうわけなのか。気の合う親友だと思っているのは俺の方だけで、直子の方はそこまで大事に思っていないのかもしれない……。

俯いていると、ふいに悲しくなってきた。考えすぎだと思いたかったが、しかし否定できるような材料も、気力もなかった。

スーツの袖で目をこする。並んでいる人間の誰にも気づかれないように。我ながら情けない。

構内アナウンスが流れた。

「次の二番線の電車は、急行日吉行き。急行日吉行きです……」

急行か。東急電鉄はこの時間、かなり混雑する。だが早く帰りたい。純一は無数の人に押しまくられながら、電車に乗り込んだ。自宅の最寄駅に着いたら、コンビニでつまみと缶ビールでも買って一人で飲むとしよう。それくらいしか、自分を慰める手段が思いつかない。

たくさんのスーツ姿の男が、文句も言わずにぎゅう詰めの電車に揺られている。ふと、朝の喫茶店でよく会う白髪交じりの男を思い出した。彼には俺みたいな悩みはないのだろう。あいつがもし俺の現状を知ったら、情けないと笑うかもしれない。

劣等感が体に満ち、居心地が悪い。

電車に乗っている男たちがみな、こちらを威圧し、見下しているように思えてきた。

誰も味方のいない、ひどく寂しい気分で……俯いたまま、純一はただ電車の床が揺れるのを見つめていた。

# 三章　進藤純一と、ちっとも会えない本間直子

「おう、少しは頭を冷やしたか」

出社した進藤純一の顔を見るなり、部長はぶっきら棒に言った。純一は一瞬ひるみ、それからもごもごと言った。

「しかし、やはり自分はあの新商品を売りたくはありません……」

「おい。昨日も言ったろう。そんな話はしてないんだよ」

がたん、と椅子を揺らして部長が立ち上がる。

「売りたくないとか、売りたいじゃないんだ。売るんだよ。それが俺たちの仕事だろうが」

「……それが、美味しくないものでもですか」

「味なんて関係ないんだよ！」

部長は顔を真っ赤にしていた。こめかみには青筋が走り、目を剝いている。

「お前なあ、甘ったれてんじゃねえぞ。やりたくないのなら、いつでも会社辞めていいんだからな！」

大声が朝のオフィスに響き渡る。早めに出社していた何人かが、何事かとこちらを見た。

「……はい」

「はいじゃない、このバカ野郎！」

部長は手にしていた資料を机の上に投げつける。うなだれたまま、純一は散らばっていく紙を眺めていた。

「ああ、朝からお前の顔見てるとうんざりするわ」

わざとらしく大きなため息をつくと、部長は煙草の箱を摑みとり、どすどすと足音を立てて喫煙室へと向かって行った。

拳《こぶし》を握り、純一はただ立ち尽くす。しばらくの時間が過ぎてから、黙って散らばった紙を拾い集め、元通り揃えて部長の机に戻した。それから自分のデスクにつき、パソコンを開いてメールのチェックを始める。

ここ最近、部長とは衝突し続けていた。

優秀な社員ではなかったから、もともと気に入られてはいなかった。それに加え、新商品に関して意見が食い違ってしまっている。その新商品は「バター醤油《しょうゆ》風ハムかつ」。会社がこの夏から押していくつもりで、かなり力を入れている冷凍食品だ。

くず肉をほぐし、結着剤で繋《つな》ぎ合わせて形にした成型肉。肉には大豆たんぱくや牛脂を加え、揚げる油もとにかく安いものを用い、大量生産する。バター醤油風と名はついているがバターは微塵《みじん》も使われておらず、植物油とパウダーで風味をつけているだけだ。極限までコストをそぎ落としたために価格はかなり安い。その割にはボリュームがあり、消費者のニーズにぴったり適合している、そう開発部の人間は言っていた。

試食した時、純一は思った。

確かに低価格の割にはよくできていると言えるだろう。開発部の努力が窺《うかが》える。だが……もう一度食べたいとは思えない。

はっきり言って、美味しくなかった。

廉価《れんか》でコストパフォーマンスの良い商品を求めているお客さんになら、純一も自信を持って「バター醤油風ハムかつ」を売ることができる。だが、営業先はそういうところばかりではない。

一食の質を重視する客が多く集まるスーパー。あまり手間はかけられないが、それでもできるだけ美味しいものを提供したいと考えている居酒屋。そういったお客さんに、素晴らしい新商品なので使ってくれと言う気にはなれないのだ。

だが部長はそれでは納得しない。既存顧客どころか、新規の顧客にまで徹底的に売れと言う。無理やり押し付けでもしない限り到底クリアできそうもないノルマが設定され、毎日のようにプレッシャーをかけられる……。

純一は額を押さえた。

俺は、美味しいものが好きなんだ。

美味しいものを人に提供したいからこの会社に入ったのに。どうして美味しくないものを、無理に売らなくてはならないのか。

それで給料を貰《もら》っているからだと、部長は言う。美味しいとか美味しくないとかは関係なく、仕事だからやれと繰り返される。純一には納得できなかった。売ってそれで終わりだとは、どうしても割り切れなかった。食べた人が満足して笑顔になって、初めて仕事を完遂したと言えるのではないか？

自分では当たり前のことを言っているつもりだったが、こんな意見を持っているのは営業部で自分一人だけのようだった。おかげで部長には目の仇《かたき》にされている。

……俺は間違っていないよな？

直子に会いたかった。直子なら、間違っていないと言ってくれる気がした。

だがその直子は、色々と理由をつけて一向に会おうとしない。部長に散々に怒られてへこんでいた昨日ですら、会うことはできなかった。

タイミングが悪かっただけだ。直子に悪気はないはず……。

スケジュール帳を開く。今日もやるべきことがたくさん詰まっている。

憂鬱な気分に関係なく、会社は社員を働かせる。非人間的な仕組み。純一は重要なメールをピックアップし、キーボードを打って返信を作成し始めた。まるで自分が自分ではないかのように、その手は機械的に動いた。

⚜

「壮太、ちょっといいか」

朝礼が終わってすぐの窓口事務室で、及川助役に声をかけられた。夏目壮太は「はい」と顔を上げる。及川助役はこほんと咳払いしてから言った。

「登用試験、受けてみる気はないか？」

またこの話か。壮太は内心、まいったなあと思う。

「車掌登用試験ですか……」

「ああ。車掌になれば給料も上がるし、駅員以外の道も開けるぞ。悪い話じゃないだろう？」

蛍川鉄道では駅務員を数年続けると、大抵はこうして試験を受けるよう促される。試験に合格すれば車掌になれる。その後経験を積めば、さらに運転士登用試験に挑むことができ、運転士になることができる。助役や駅長、あるいは指令員といった上位の役職につくためには、この階段を上っていくのが基本的な道筋となるのである。

「でも僕、駅員が好きなんです」

正直な思いを壮太は言った。及川助役は不思議そうな顔をした。

「責任が重くなるのが嫌なのか？」

事実、のんびり駅員をやり続けたいという理由で登用試験を受けない者もいる。だが壮太はこれを否定した。

「いえ、それは平気なんですが……何といったらいいか。駅のごった煮感が好きといいますか」

「なんだ、ごった煮感って」

「駅って何が起きるかわからないじゃないですか。何でもありの場所です。かといって混《こん》沌《とん》というわけでもなく、妙な秩序があって……そこに面白さを感じるんですよね。ずっとここで、日々の人の営み、その変化を観察していたくなるような」

「……盆栽《ぼんさい》を眺める祖父が、似たようなことを言っていたなあ」

ぽんと壮太は手を打つ。

「そう、それです。盆栽みたいな楽しさです」

鉄道電話が鳴った。及川助役と壮太は、咄嗟《とっさ》に電話を見る。

「こうして電話が鳴るじゃないですか。でも伝えられる用件は、予想がつかない」

そんなことを言いながら壮太は電話を取る。

「はい藤乃沢駅。夏目が承ります」

「こちら運転指令。列車番号〇九三二Cより緊急要請です」

「どうしましたか」

壮太はダイヤを開き、該当の列車番号を目で追いながら電話に応答する。横で及川助役が固唾を呑んでこちらを見つめていた。

「運転士体調不良です。二分後に藤乃沢駅に到着するので、個室確保をお願いしたいとのこと。男性です」

指令員は大真面目な声で言う。壮太は頷いた。

「はい、わかりました。確保いたします。場所は降りてすぐの階段を上って右手側だとお伝えください」

「はい。ではお願いいたします」

　電話は切れた。

「用件は何だったんだ？　壮太」

「個室確保です」

　言いながら壮太は立ち上がる。

「個室確保？……ああ、そういうことか。久々だな」

「こんな仕事もあるなんて、凄く原始的だと思うんですよ。それが逆に人間らしいというか、面白いと感じてしまうんですよね、僕は」

「しかしなあ、壮太。私としては、お前のような若い世代の人間に試験を受けてもらいたいんだ。そうして未来の蛍川鉄道を背負う人材に……」

「すみません。とりあえず行ってきます」

「あ、ああ」

　及川助役を残し、壮太は窓口事務室を飛び出した。

「車内点検のため、しばらく停車いたします。お急ぎのお客様にはご迷惑をおかけしまして、申し訳ございません」

藤乃沢駅に停車したところで、電車の中にアナウンスが流れた。ばたんと音。運転室の扉が開き、運転士がホームを駆けて行くのが人の隙間から見える。点検とやらをしに行くのだろう。

進藤純一は吊り革を握り直す。

目の前の座席ではあの白髪交じりの男が、相変わらず新書を開いている。同じ電車に乗り、同じような位置に好んで移動するため、よく同じような位置関係になる。白髪交じりの男は、栞をひょいと抜いて新しい場所に挿し込んだ。やっぱりあの、子供の手作りらしき栞だ。よほど大切にしているのだろう。

俺は子供どころか、結婚すらできるか危い。仕事で躓《つまず》いているようでは、妻になってくれる女性など現れないだろう。

白髪交じりの男が羨ましかった。

普通に仕事を続け、普通に家庭も持ち、普通に過ごしているのが羨ましくて、そして凄く難しいことのように思えた。

⚜

青ざめた顔でトイレに飛び込んできた運転士を見て、壮太は手を上げた。

「あ、こちらです」

「すみません！　恩に着ます」

運転士は軽く頭を下げ、個室に飛び込んで勢い良く扉を閉めた。

「では、私はここで。お気をつけて」

壮太は扉の外から声をかけ、外に出る。

「ありがとうございます、助かりました……」

あの場に長くいては、運転士の方も恥ずかしいだろう。せめてもの武士の情けだ。

業務中の運転士や車掌は、トイレに行くことができない。彼らは交替の時などに素早く用を足す術を身につけてはいるが、それでもどうしようもなく急に腹が痛くなってしまうことはあり得る。

そんな時、駅に要請が入るのだ。

次に停車する駅のトイレで、個室を一つ確保しておくのである。駅員がトイレに入り、個室の前に立ってお客様に「使用しないよう」お願いをする。電車では車掌が「車内点検のため」と名目上の理由を述べて臨時に停車し、運転士は全力ダッシュで用を済ませて業務に戻る。

とある誰かのトイレのために、駅員は走るのだ。

壮太は駅の仕事のこういうところが好きだった。

世界にはたくさんの人間がいる。まるでトイレになど行かなそうな顔をして歩いている。だが、誰しも人間なのだ。生理現象からは逃げられない。

駅員をしていると、人間が人間であることを改めて思い出すようだ。それはどこか滑稽《こっけい》でもあり、また愛らしくもある。

「やっぱり車掌や運転士より駅員の方が面白いと思うなあ」

壮太は独り言を口にしながら、窓口事務室へと戻った。

⚜

「何やってんだよ進藤、今頃来て」

会議室に入ると、部長がこちらを見て言った。

「……え？」

「遅いだろっての。もう資料、山内が配り終わってるぞ」

部長の脇で、後輩の山内が紙資料の束を持ってこちらを見ていた。

「あの、どういうことですか？　定例会議は十時からですよね」

進藤純一は壁にかかっている時計が九時五十五分を指しているのを確認しながら言う。

「お前、何でも言われなきゃわからないのかよっ」

不機嫌を隠さない部長の声。

「定例会議で使う売り上げの資料！　毎回、配ってるだろ！　お前がやるべき仕事だって言ってんだよ」

「あ、はあ……」

立ち尽くしている純一の背後から、他の社員が次々にやってくる。部長に怒られている純一をちらりと一瞥《いちべつ》してすぐに椅子に座る者、にやにやと意地悪そうに笑って見物する者。

わけがわからないながらも、純一は言い訳を試みた。

「し、しかしいつもは山内君がやってくれていたので」

聞いた山内はきょとんとし、すぐに困ったように同僚を見て苦笑いした。部長が額に手を当てる。

「おいおい進藤、お前ずっと山内にやらせるつもりだったのかよ？　確かに年はお前の方が上だがよ、成績は山内の方が上だろ。いやはっきり言うよ、お前ノルマ全然達成できてないじゃないか。部署の足を引っ張ってんだよ。普通は申し訳なくなって代わりにやるもんだぜ、そうだろみんな？」

「………」

純一は絶句する。これは嫌がらせだろうか。いや部長はもちろん、他の同僚たちもみな、どうしてこんなことがわからないのかと言いたげな顔であった。実際、そうすべきなのだろう。ノルマ未達も、部署の足を引っ張っているのも事実なのだから。

「……すみません」

他に何を言ったらいいかわからず、純一は呟いた。部長がねちねちと続ける。

「そういう普段の心がけの違いが実績になって出てくるんだよ。いっそ山内に弟子入りしたらいいんじゃないか」

「いえいえ部長、僕なんて。部長のご指導のたまものですよ」

山内が純一の傍までやってくると、にこやかに資料をこちらに渡してきた。

「進藤さん、これが今回の資料です。すみませんが、次からお願いしますね。あ、印刷のやり方なんですけど後でお伝えしますので」

「ああ、ありがとう……」

純一は頭を下げる。山内の言葉は嫌味のないものであった。さりげなく部長も持ち上げており、そつのなさを感じる。社会人としての実力の差も。

「ったく……ほら進藤、さっさと席につけ。会議始めるぞ」

椅子に座り、資料を広げる。そこには先週の営業実績が、社員の名前と共にずらりと並べられている。トップには山内の名があり、はるかに離されて最下部に自分の名前があった。


会議が終わり、社員たちはそれぞれのデスクに戻る。みな手際よく資料を印刷して鞄に詰め、鏡を見て身だしなみを整えると、ホワイトボードに並んでいる自分の名前の下に「外出中」と書いて出て行く。

純一も手帳でスケジュールを確認してから、資料を鞄に入れて立ち上がった。午後には商談がある。比較的好感触なお客さんで、受注の期待が持てるところだった。

エレベーターホールに入ると、丁度《ちょうど》行ってしまったところだった。いいや、たったの三階だし階段で向かってしまおう。そう思って階段の扉を開いた時だった。

「部長。行く先、目黒ですよね」

声が聞こえた。はっと振り返る。

「ああ。よく知ってるな」

「僕も方面同じなんですよ。途中までタクシーで行きませんか」

山内と部長の声だ。階段の手前はエレベーターホールにいる二人からは死角である。計らずして、立ち聞きする形になってしまった。

「おう、いいなあ」

「実はもう手配してあるんです。一階に呼んでありますよ」

「お前、本当に気が利くなあ」

山内の笑い声。

「部長と一緒ですと、タクシー代の経費精算しやすいですから。電車で行くの、疲れちゃいますもんね」

「全く、お前という奴は……」

部長も言葉とは裏腹に嬉しそうな声だった。

「へへ。あのハムかつ、ガンガン売ってきますから勘弁してくださいよ」

「頼りにしてるよ。全く、進藤と違って本当にお前は使えるな」

「進藤先輩は空気読めないですからね」

「ほんとだよな。早く辞めてほしいんだが、なかなかしぶといんだよ」

「彼、ハムかつは美味しくないから売りたくない、って言ったんですって？　噂には聞いてますよ」

「ズレてるよな。味なんて関係ないんだよ。どうせ消費者に味なんてわからないんだ。とにかく数を売ればいい。そうすればそれが〝流行《はや》り〟になって、みんなありがたがって食うようになる。流行ってるものが、うまいものなんだ。売り上げが、味を作るんだ。この世界では」

「そのへん割り切れないのが、進藤さんの子供っぽいところなんでしょうね」

「だな。いい加減大人になってもらわにゃ困るよ」

部長の苦笑。やがてエレベーターの扉が閉まる音と共に、二人の声は消えた。

階段の扉に手をかけたまま、純一は立ち尽くす。

心臓の音がどくんどくんと全身に響き渡っている。それでいて、顔が青ざめているのが自分でもわかった。

子供っぽい、か……。

二人に対して怒りは湧いてこなかった。それ以上に、悲しかった。

後輩にまでそんなことを言われるような存在なのか、俺は。ただ自分なりに、正しいと思った道を進んでいるだけなのに。

俺は社会人として何かが間違っているのだろうか。

ふと腕時計を見ると、十五分ほどが過ぎていた。いけない。このままでは遅刻してしまう。慌てて扉を開け、純一は階段を駆け下りた。

⚜

及川助役は一・二番線ホームを早足に歩き、中頃にある事務室の扉を開けた。

「壮太いるか？」

ひょいと覗き込む。

室内では佐保と七曲主任が昼食の冷やし中華をすすっていた。ごくんと一つ飲み込んでから、佐保が答える。

「壮太ちゃんならさっき改札前に向かいましたよ。迷子のお客様対応に行くって」

「え？　だけど今はあいつ、休憩時間中だろう」

「私もシフトの人に任せればって言ったんですけれど、面白そうだから僕がやる、とのことでした」

　困ったように頭を掻き、及川助役は息を吐いた。

「そうか……今日こそ説き伏せようと思ってたんだがな」

　横で聞いていた七曲主任が、豪快に冷やし中華を掻き込む。空っぽになった皿を机に置き、茶をくいっと干してから及川助役を見た。

「壮太に車掌登用試験を受けさせる件ですか？　及川助役は彼を買ってるんですね」

「ああ、まあね」

「だけど壮太ちゃんは受けないと思います」

　佐保がぼそりと呟く。

「そうだなあ……」

「だって彼、駅の仕事が大好きですもん。特にややこしい謎とか、難しいお客様対応ほど燃えてくるタイプですよ」

「それ自体は喜ばしいことなんだがな。私としては、もっと様々な職種を経験して、視野を広げてほしいんだ」

　及川助役はうーむ、と唸る。その様を佐保と七曲は見つめる。

「何かいい方法はないものか……」

誰も何も思いつきそうにはなかった。

燃えてきた。

夏目壮太は心の中でそう思う。

「お婆ちゃん、泣いてないでちゃんと教えて。旦那さんと、どうしてはぐれちゃったの？」

柱に寄り掛かり、号泣している小柄なお婆さんに、翔が粘り強く質問している。通り過ぎる人たちがちらちらとこちらを見る。

「あんた、どこに行ってしまったんじゃあ！　帰ってきとくれえ、わしが悪かったあ！」

「二人でどこへ行く予定だったの？」

「どこへって、寺じゃよ。終点にある寺じゃ」

「旦那さんはどんな人？」

「そりゃ男前よ、わしが惚《ほ》れた男じゃからな。それよりあんた、早く探しとくれ、早く！」

「ええと……旦那さんとはどうしてはぐれたの？」

「違う、違うんじゃ。わしがトイレの間待っててもらったんじゃよ。いくらなんでも、女子トイレの中に入れるのはまずいと思って。でも、こんなことになるなら、連れて入るべきじゃった……」

「どこで待っててもらったの？　外？」

お婆さんは顔をしわくちゃにして頷く。

「ほれそこの、窓のところに棚があるじゃろ。そこで待っててもらったんじゃよ。でも戻った時にはもうどこにも見えなくて、ああ、どうしたらいいか……」

翔はお婆さんの指さす先を見る。窓の手前にちょっと物を置いておけそうな空間があった。だが一メートルほどの高さがあり、人が座って待つ場所とは言い難い。

「旦那さん、ここに座ってたってこと？　小学生みたいなことするなあ」

壮太は首をひねる。何より、すぐ脇にはベンチがあるのだ。わざわざ妙な場所を選んで座る必要があったのだろうか。

「小学生とはなんじゃ！　失礼な！　バカにしとんのかい」

翔は目を白黒させる。お婆さんの言っていることは要領を得ない。壮太は窓を観察しながら聞いた。

「お婆さん。旦那さんは、自力でここに上ったり、降りたりできるのですか？」

「できるわけなかろう！」

「できないのに、ここに上ったんですか」

「わしが乗せてやったんじゃよ、ひょいとな」

「乗せてやった……？」

翔が困ったように笑う。

「ちょっとお婆ちゃん、その細腕で男一人持ち上げたっての？　もしかして旦那さんはこびとだったりするの？」

「何を言う！　夫は人間じゃ！」

お婆さんが叫ぶと、無数の唾《つば》が散った。翔はうわあと声を上げて飛びのく。それから困り果てた様子で壮太に聞いた。

「おい壮太、どう思う。ずっとこの調子なんだよ、もうどうしたらいいか……」

「はぐれた旦那さんらしき人が、別で窓口に問い合わせに来ているということは、ないんですよね」

「それが一向にないんだ。普通だったら、どっちかが窓口に来るもんなんだが」

「なるほど……もしかすると」

壮太はしばらく考え込むと、頷いた。

「旦那さんは、自分で動けない状態の方なのかもしれません」

「え？　どういう意味だ？」

壮太はしゃがみ込み、お婆さんと目線を同じ高さにして聞く。

「お婆さん。もし違っていたら、失礼をお許しください。その旦那さんですが、ひょっとして……」

泣き腫らした目で、お婆さんが壮太を見る。

「お亡くなりになってはいませんか？」

「さあ、遺失物係はこちらです。届けられている可能性も高いと思いますよ。きっと誰かが忘れ物だと思って持って行ってしまったのでしょう」

駅員の一人がお婆さんの手を取り、駅舎の奥へと案内する。その様を壮太は満足げに見つめていた。

「それにしても、骨壺《こつつぼ》のことだったとはね……最初からそう言ってくれればよかったのに」

翔が疲れ切った様子で肩を落とした。

「大事な旦那さんの御骨《おこつ》をなくしてしまったわけですから、動転するのも無理はありませんよ」

「しかし壮太、よくわかったな。感心するよ」

「え？　そうですか」

壮太のことを翔はじっと見つめている。

「ああ。さしずめ、藤乃沢駅の名探偵だな」

「やめてくださいよ。僕はただ、色々な可能性を考えるのが好きなだけです」

「色々な可能性、ね……」

翔は何か言おうとしたようだったが、そこに一人の若い女性が突っ込んできた。

「駅員さん！　あの、あの、切符について聞きたいんですが」

「はい、どうしました」

翔と壮太が同時に言う。

「空港に行きたいんです。もう時間がなくて。でも、間違って買ってしまって、その、どれを買えばいいのか……」

女性はひどく狼狽《ろうばい》していた。化粧もしておらず、髪も乱れている。ただ事ではない様子だ。

「お急ぎですか」

「あの、できればですが、あと一分で来る急行に乗りたくて」

腕時計を何度も確認して女性は言う。本当にせっぱつまっているらしい。それを見てとるや、壮太は言った。

「切符はそのままで構いません。改札開けるので、通ってください」

「えっ？」

戸惑う女性を導き、壮太は改札口へと走る。

「一刻を争う状況なんですよね？　切符の精算は車内で車掌が行います。翔さん」

「わかった！　俺の方でやっておく」

翔が頷き、窓口へと駆け出した。鉄道電話で車掌への連絡を依頼するのだろう。女性は信じられないという顔で翔と壮太を交互に見る。

「さあ早く！」

壮太は素早く自動改札機を手で止め、促した。

女性は一瞬顔を歪めた。涙ぐむ一歩手前でこらえ、震える声で言った。

「父が危篤《きとく》なんです……感謝します」

そして壮太の前を通り、自動改札機を抜けた。

「間に合うと良いですね」

壮太は微笑み、走る女性を見送った。

これでよし。ふうと一息ついたところで、足元を引っ張る感触に気がつく。見ると五歳くらいの少女が一人、不安そうな顔で壮太のズボンのすそを摑んでいた。

「どうしたの？」

「あのね。チイちゃんの人形が、線路に落ちちゃったの。それで……」

　子供の背後には母親らしき女性が立っていた。すまなそうに頭を下げている。壮太はにっこりと笑って答える。

「そうなんだ。じゃあ、電車が来る前にお兄ちゃんが助けに行くね。落ちた場所を教えてくれるかな」

「うん」

「ちょっと待っててね、助けるための道具を取って来るから」

　壮太は事務室まで駆け足する。人形だから、先端の鋭くない拾い棒がいい。先がゴムで、摑みやすい拾い棒はどこにしまっておいたっけ。

　駅では次から次に、新しい仕事が発生する。予測できないような出来事、ちょっと聞いただけではわけのわからないような出来事も多いが、お客さんにとってはどれもが重大な問題だ。

　一瞬一瞬、業務をしながら誰かの人生に触れている。

　大変だけどやりがいがある。

　一生駅員でも構わないくらいに。

壮太は拾い棒を見つけ出すと、さっそく少女と一緒にホームへと向かった。

「ほら、彼ですよ。今拾い棒を持って歩いて行った」

及川助役は事務室の前に立ち、壮太の背中を示して言った。

「……ああ。あいつですか」

及川助役の横で清水運転士は頷く。

「先日もお世話になりましたね。ヒゲヨシが騒いだ時に」

「ええ、あの時も謎を最初に解いたのは壮太でした。そういうのが得意な奴なんです」

「大したもんだ。で、お願いというのは……彼に車掌登用試験を受けるよう説得をしたい、と」

「そうなんですよ。力を貸して頂きたくて」

こりゃ難題だな、と清水は頭を掻く。

「どう説得していいやら、思い当たりませんね」

「そこを何とか。ちょっとご飯でも誘ってやってくれませんか。刺激になるかもしれません。私が言っても、全然聞かないんですよ……」

「まあ、頑張ってみます」

清水はにやりと笑った。

「……ところで清水さん、最近はよくこちらまでいらっしゃいますね」

「あれ、ばれてましたか」

「そこの改札前で待ち合わせしているのをお見かけしますので」

「あいつとしょっちゅう飯に行ってるんですよ」

くい、と清水は親指で西口の階段を示した。その先から、一人の男がやってくるのが見える。短髪で眉毛の濃い、下腹の出た四十代後半くらいの男性だ。地味な灰色のシャツを着ている。

「どなたですか」

「ヒゲヨシですよ。元ホームレスの」

及川助役は目を丸くした。確かに最近ゴミ箱を漁りに来ないとは思っていたが。

ヒゲヨシもこちらを認めると、軽く頭を下げて挨拶した。その姿は見違えるほど小綺麗になっている。髭モジャモジャのホームレスの面影はどこにもない。

「今あいつ、小料理屋で手伝いやってるんですわ。あいつの作った試作品を食うのが俺の役目になってましてね。こっちで仕事終わりの時は、いつも来てるんですよ」

「田端《たばた》機関区からわざわざここまで？」

「はい」

近づいてきたヒゲヨシに軽く挨拶し、清水は伸びをした。

「ま、家があさつり台なんですよ。藤乃沢の次の次。だからどうせ帰り道ってわけです」

「ああ、そうだったんですか。社宅じゃないんですね」

「昔は家族がいたんで、家買ったんですよ」

清水は一礼すると、及川助役を見た。

「それじゃ壮太君のことは確かに了解しました」

「すみません、お願いします」

及川助役も帽子を取って礼をする。そして清水とヒゲヨシが合流し、一緒に藤乃沢の東口に消えて行くのを見送った。

⚜

「なるほどねえ、進藤さん、どうもありがとう」

進藤純一の渡した資料を何度も読み返し、売り場担当者の中年男性は銀縁眼鏡をくいっと上げた。

通されたスーパーの事務室では、かちこちと時計の音が響いている。

「ちょっと質問してもいい？　うちとしてはさ、冷凍食品コーナーを充実させたいとは思ってるんだけど。推しの商品はどれなのかな」

純一は頷き、慎重に聞いた。

「どういったお客さんが多いですかね」

「高齢の方が多いね。よく売れるのは、惣菜《そうざい》や鮮魚だな」

「では、この『和惣菜シリーズ』はいかがでしょう。きんぴらごぼうにひじきの煮物、それから切り干し大根、ほうれん草とカボチャの和え物です。栄養価も高く、美味しくて便利ですよ」

中年男性は目を丸くする。純一は続けた。

「数種類セットになったものもありますが、セットに含まれている豆の煮物は正直いまいちです。なのでバラの方が良いと思います、それから肉系ですと……」

「ええと、進藤さん」

「はい？」

「私が言うのもなんだけどさ。君の持ってきた会社の資料、一番前にほら、『バター醤油風ハムかつ』ってあるじゃない。凄くスペースも大きいし、イチオシって書いてあるけど。

これ紹介しなくていいの？」

「それは確かに安くてボリュームがありますが、あまり美味しくないんです。ご高齢の方には油ものが重いでしょうし、できれば質の良いものを少量食べたいという方が多いかと思い、お勧めしませんでした」

「ふうん……」

中年男性は眼鏡の奥から、大きな目で純一をじろじろと見る。しばらく何も言わないので心証でも害したかとどきどきしていると、中年男性はふっと笑った。

「進藤さん、あんたバカ正直な人だねえ。会社からは、このハムかつの方を売れって言われているんじゃないの？」

「そうですね……」

「それにさっきの和惣菜シリーズについてもさ、セットの方がおたくの取扱いも楽だし、利益が出やすいんじゃない？」

「そうですが、しかし実際セットの煮豆はあまりいいものではないので」

「へえ……」

中年男性は決して怒ってはいないようだった。むしろ微笑みながら、興味しんしんという顔で、純一を見ている。

「進藤さんは信用できる人だと思うから、ずばり聞いちゃうけどさ。あなたのところの冷凍食品、正直どう？」

「どう、とは……？」

「売り場には限界がある。それにうちはライバル店二軒に囲まれてる。下手な商品を置くと、それだけで客が離れかねないわけだよ。そんなうちがさ、リスクを取ってでも君のとこの冷凍食品、置くべきだと思う？」

あまりにも率直な聞き方だった。

心が揺れる。

うちの商品を置くべきです。

そう言えば、言いさえすれば。

進藤さんは信用できる人だと思うから──今ここで、受注が取れるかもしれない。

頭の中で相手の言葉がこだまする。

喉の奥がからからに渇いて、声が擦《かす》れた。

「残念ながら……別の会社の商品がいいかもしれません」

震える声で言った。相手はこちらを見つめ続けている。

「わが社の商品は決して悪いものではありませんが……しかし、うちが強いのは、若者向けです。高齢者向きとなると大手の会社さんにはどうしても劣ります。和惣菜セットも、他社さんには小分けになって使いやすいタイプがありますし。肉であれば塩分を減らしつつ、出汁で深みを出した、もっとさっぱりした味わいのものが他社から出ています。具体的には……」

純一は絶望的な思いで、他社の商品名をいくつか挙げた。

中年男性はうんうんと頷いたあと、困ったように笑った。

「ありがとう、進藤さん」

そして眼鏡を指先でいじる。

「あなたはいい人だ。本当に我々のためになって考えてくれている。それは凄く嬉しいし、助かるんだけど……だからこそ、うちは君の会社に発注はできないよ。あなたがそう言ってくれるからこそ、できない」

「……はい」

純一は俯いて膝を見る。額に汗が流れる。

「嫌味とかじゃなく言うんだけどね、進藤さん、あなたその仕事向いてないよ。私はそう思う。今日は来てくれてありがとう」

中年男性は立ち上がり、手を差し伸べた。純一と握手をしてから、事務室を出てエレベーターの前まで見送ってくれる。最後のあがきとばかり、純一は「何か当社がお役に立てることがあれば、御連絡ください」と言った。

「その時は真っ先に君に連絡するね」

穏やかに笑う中年男性の姿が扉の向こうに消え、エレベーターがゆっくりと下降する中で純一はため息をついた。

結局、ダメだった。

信頼関係は築けたかもしれない。だが、受注に繋がらなければ数字はゼロだ。そしてあのスーパーの客層から考えるに、今後新しい付き合いが生まれるとも考えにくい。

向いてない、か……。

中年男性が最後に向けてきた、あの目が忘れられない。優しげな、まるで子供でも見るような目。そこに込められている感情は、言わずとも伝わってきた。

――気の毒に。

⚜

「お先に失礼します」

着替えを終え、職員用の出入り口から壮太は外に出る。今日は泊まりではなく、十八時で終わりのシフトだった。

ああ、よく働いた。色々なお客さんがいて、色々な出来事があった。充実感でいっぱいだ。心地いい疲労と満足感に満たされていると、ふと目の前に立っている男に気がついた。

「あれ……ええと」

「よう。壮太君だよな」

垂れ目で少し疲れたような顔、しかし品のいいジャケットとパンツ。制服ではなかったので一瞬気付かなかったが、すぐに思い出す。

「JR貨物の清水さん……ですか？」

「ああ。こないだは世話をかけたね」

「どうしてここに」

「君を飯に誘おうと思って」

「えっ？　僕をですか」

壮太は思わず自分自身を指さして聞いた。清水は頷く。

「たまには違う会社の、別の職種の人間と話すのも悪くないだろ？」

「……ひょっとして、及川助役から頼まれましたか」

かまをかけると、清水はびくんと震え、硬直した。

やっぱり、か。

どうしても及川助役は、車掌登用試験を受けさせたいらしい。ここ最近、壮太はありとあらゆる人に説得され続けているのだ。中井佐保に。七曲主任に。楠翔に。顔を合わせればみな、不自然な話の持って行き方で登用試験を進めてくる。彼らの背後に及川助役の存在があるのは明らかだった。

くはっ、と清水は口を開けて笑った。

「ばれてるのか」

「あらゆる手段を使うつもりみたいですね、及川助役は。すみません……僕のことで、他社の方にまでお手数をおかけして」

壮太は頭を下げる。

「まあいいや、その方が話が早い」

清水は猫背になって肩をゆすった。

「中華でもどうだ？　十五分ほど電車で揺られた先なんだが」

千住原《せんじゅはら》駅の北口から出て居酒屋が立ち並ぶ中を数分歩くと、小洒落た中華料理屋に行きついた。

　入り口こそ小ぶりではあったが見かけに反して中が広く、厨房ではたくましい男が中華鍋を振っている。大きな水槽の中では金魚が尾を揺らめかせて泳ぎ、時折ガラスにぶつかっていた。

「いい店をご存じなんですね」

「何度か嫁と来たことがあるんだ」

　少しべたつくビニールで覆われたメニューを開く。中国語と日本語でそれぞれ料理の説明が書かれていた。チャーシューメンが「肉入りそば」など、独特の訳し方が面白い。

　清水はすぐに灰皿を手元に寄せると、煙草に火をつけた。しばらく紫煙だけが二人の間に流れる。清水は壮太と目を合わせず、ぼんやりと薄笑いのまま天井を眺めていた。あまり話好きではないようだ。壮太も何を言っていいやらわからない。ずいぶん長いこと沈黙が続いたのち、清水がぼそりと聞いた。

「壮太君は、どうして登用試験を受けないんだい」

　ジャスミン茶が入ったコップの中で、氷がからんと揺れた。

「別に、確固たる理由があるわけではありません。できれば駅員のままが楽しいというだけです。ただ、しつこく受けるように言われると逆に受けたくなくなってくるというか、少しへそを曲げている感じはありますね」

「へえ。わからんでもないな。そもそも、駅の仕事を選んだのはなぜ？」

「それも……大した理由はありませんよ」

壮太はぱたん、とメニューを閉じる。やってきた丸顔の店員に、鶏肉のカシューナッツ炒め定食を頼む。清水は餃子と上海風焼きそば、それに生ビールを二つ注文した。

「駅員は安定しているし、給料も悪くない。社会的ステータスも、まあまあ高い。就職するにあたって、僕の希望の条件を満たしていたというだけです」

「淡々としてるもんだな」

清水は煙草を灰皿に押し付ける。

「で、どうだった。実際に仕事をやってみて」

そうですね、と壮太は顎《あご》に手を当ててしばし俯く。

「凄く面白い仕事ですね」

「どんなところが？」

「マニュアルが通用しないところですね。お客様対応でも、あるお客様に通じたやり方が、別のお客様を怒らせてしまったりする。教科書と参考書を丸暗記しておけば必ず満点が取れた学校のテストと違って、毎回ルールの違うパズルを解いているような楽しさがあります」

「ほう、パズルね……」

二本目の煙草を取り出し、清水はしばらくそれを指で弄《もてあそ》ぶ。

「だけど試験に合格すれば、出世の道が開けるぜ」

「あまり興味ないんですよね」

「ふうん」

清水がライターをいじると、火がしゅっと立つ。揺らめく炎をしばらく見つめてから、新しい煙草に火をつける。

「なら、仕方ないよな」

たっぷり煙を吸ってから、清水はくはっと口を開けた。歯の隙間から煙が流れ出てくる。

「興味ないなら仕方ない。無理に受けることはないさ」

そしてまた黙り込んで煙草を吸う。壮太は肩すかしを食らった気分だった。そんなにあっさりと説得を諦めて良いのだろうか。逆に心配になってしまう。

料理が運ばれてきた。香ばしい湯気が立っている。清水は手をつけず、のんびりと煙草を吸っていた。

「……清水さんは運転士をやっていて、どうですか。楽しいですか」

ちらり、清水の垂れ目がこちらを向く。

「どうだろうな。別に楽しくはない。つまらなくもないが」

「車掌や運転士も、いい仕事だとは思うんです。ただ、駅員をやっていると日々発見があるんですよ。ああ、こういう人もいるんだ、という。想像もしてなかった光景が目の前に広がって、そんな時僕は充実感を覚えるんです。これを手放すくらいなら、出世なんてどうでもいいと思います」

「なるほどねえ……」

清水は穏やかに微笑んだまま、それだけ言った。

聞き上手な人だと壮太は思った。全てを受け入れてくれるような気配が、清水の目にはあった。そのせいか、いつもより壮太は饒舌《じょうぜつ》になる。

「車掌や運転士は、そういう発見が少ないんじゃないですかね。どうですか、清水さん」

「…………」

清水は黙ったまま煙草を消し、餃子へと箸を伸ばした。一つを何もつけずに食べ、もう一つを酢と醬油で食べてから、ぽつりと言った。

「元々、子供は嫌いだった」

「え？」

「嫁に子供がほしいと言われた時も、正直面倒だって思ったよ。だって手がかかるだろ、あいつら。それに何話していいかもわかんないしな。苦手なんだ、そういうの」

彼の家族について詳しくは知らない。壮太はほどよく焼き色のついたカシューナッツをつまんで口に運びながら、清水が続きを話すのを待った。

「だから運転士になった当初は、驚いたよ」

「何にですか」

「こんなにも子供に手を振る仕事か、って」

三つ目の餃子をくわえ、清水は柔らかい皮を齧り取る。

「手を振る……って」

「毎日、何人も何人もさ……手を振ってくるんだ。駅で、ホームで、跨線橋の上から、踏切の横から。フェンスにしがみついて、父親に肩車されて、乳母車に乗りながら、おんぶされながら、もうありとあらゆる子供たちがだよ。俺も昔は振ってたんだろうな。だけどそんなこととっくに忘れてた。すっかり大きくなって、大人になって。何の感慨もなく当たり前のように電車を利用するようになって……そして運転席にいると、改めて気づかされるんだよ。世界にはこんなにたくさんの子供がいたんだってことに。そしてその子供がみんな、手を振ってくるんだ。ちっちゃな指を広げて、短い腕をぱたぱたと、こうやってな……」

清水は愛《いと》しいものを見つめるような目で、軽く掌を揺らしてみせた。

「あいつらに理由なんてないんだよな。ただ電車がどこかに行くから、ばいばいってするんだ。子供に愛嬌を振りまくつもりなんかなかったけどよ、あんまり手を振られるもんだから、こっちも何気なく振りかえすのさ。停車中とかに。するとさ……あいつら、嬉しそうに笑うんだ。ちょっと恥ずかしそうにして……ぱあっと、顔を明るくして」

ふふ、と鼻で笑って俯くと、清水は焼きそばを箸で手繰った。

「いつの間にか子供が好きになってた」

「……そうなんですか」

店内に他の客はいなかった。注文の品を作り終えた店主が、カウンターで新聞を広げてぼんやりとしている。

「実際にできてみると、やっぱり手がかかるもんだったがな……」

くはっ、と清水は口を大きく開けて笑った。歯並びのいい前歯が見えた。

「生きてりゃ、今頃君と同じ、いや少し下くらいか」

少し寂しそうに笑う。その言葉に眉をひそめ、壮太はしばらく迷った後に聞く。

「ええと、娘さんは……」

清水は答えなかった。代わりに斜め上を見ると、三本目の煙草に火をつけた。

「運転士になって、そういう発見はできたよ。駅員のままでいるもよし、別の視点を手に入れるもよし。何かを失えば何かが手に入る、逆もしかり、その繰り返しだよ」

長い年月を思わせる清水の手。壮太はしばらくそれをじっと見つめていた。かつて電車に向かって振られ、いつしか振りかえすようになり、やがて愛娘《まなむすめ》を抱き、そして今は運転席でマスコンを握り続けている手。

節ばって黒い手だった。

✣

進藤純一は行き詰まった気分だった。

頭の中がまるで迷路のようだ。思考は必死に出口を探して走り続けるが、すぐに行き止まりにぶちあたってしまう。戻って別の道を選んでも同じだ。行き止まり、行き止まり、行き止まり……まだ走ることはできる。だが結局は同じ。この迷路に出口はないのだ、それは檻《おり》と変わらない。

駅のベンチで一人、両手を合わせて俯く。

営業先の担当者に言われた言葉が、ずっと頭から離れなかった。

——あなたその仕事向いてないよ。

向いてないのか。俺は。

そんなはずはない……。

美味しいものが大好きで、食べることが生きがいだ。自社のみならず、他社の冷凍食品まで食べ比べてきた。お客さんに適切に営業ができるよう、自分なりに勉強したつもりだった。そういった姿勢こそが、冷凍食品会社で必要なものだと思っていたのに。

無駄だというのか。

売りつけることが何よりも大事で、味の良し悪しなど関係ないのか。

山内や部長を見ていると、自信がどんどん失われていく。食品を売っているというのに、重要なのは食品の質ではなく、世渡りのうまさのような気がしてくる。

部長は言っていた。「味なんて関係ないんだよ」と……。

そんなはずがない。一緒に食事に行く時や、飲みに行く時には、部長だって店を選ぶ。美味しい店を選び、美味しそうなメニューを選ぶのだ。自分は美味しいものを食べたいくせに、どうして他人に食わせる時には味なんて関係ないと言えるのだろうか。

「……悪くなるべきなんだ」

純一は呟いた。

部長みたいになればいいのだ。他人なんて踏みつけて足場にできるような人間になるべきなんだ。

俺はきっと、部長よりは少し善人なのだろう。だけどそれが何になる？　それで何が手に入った？　何にもならないんだよ。善人では生きていけないからこそ、この世では善人がもてはやされるのだから……。

踏切の音が聞こえてくる。

「間もなく一番線を列車が通過します。黄色い線までお下がりください……」

アナウンスが遠くで響いている。

いっそ悪人になってしまえばいいのだ。

自分では食いたくないようなものを口八丁で売りつけ、上司におもねり、弱い奴を足蹴《あしげ》にすればいい。理想なんてゴミ箱に投げ捨ててしまえばいい。自分のために他人を利用すべきなんだ。

同僚からも取引先からもダメと烙印を押され、向いていないと知っている道をこの先ずっと歩いていくよりは、その方がずっとマシじゃないか……。

心の中を黒い発想が染め上げていく。

その時、ふと電話が鳴った。

ポケットに手を突っ込んで携帯電話を取る。直子からだった。

「……はい」

「や、純一」

「どうしたの。今仕事中なんだけど」

「あのね。こないだ一緒にご飯に行けなかったことが気になってて。今、少しだけ時間が空いたから、せめて電話で話でもしようかと思って……」

「ううん……電話では話しづらいことなんだけどな」

「うん……そうだよね。でも、何かしないと私も落ち着かなくて。ね、お願い、私を助けると思ってさ、話しようよ」

「…………」

進藤は目を閉じて歯を食いしばった。こいつは、何を都合のいいことを言っているんだ。それでも突っぱねることはできず、口を手で覆い隠しながら人の少ない方へと移動する。

「まあ……少しならいいけれど」

「うん。ありがとう。ねえ、こないだは何があったの？」

「ちょっと悩んでるんだよ」

「仕事？」

純一はかいつまんで、部長との確執について説明した。

「そっか……良いものを売りたいのが純一で、それでは納得しないのが会社なんだね」

「うん。直子はどうなの？　俺と同じようなこと、悩んでたりしないの」

「あったよ。全く同じようなことで衝突して、上の人から怒られ続けて、凄い悩んだ。どこも同じなんだね」

あっさりと答えた直子に、純一は少し驚いた。

「そうなんだ……どうやって解決したの」

「それは、その……」

「教えてよ」

「ちょっと言いにくいんだけど……」

なぜそこで言い渋るのか。意味がわからず、純一は困惑した。電話にすがりつくようにして訴える。

「言いにくいってどういうことさ。俺、本当に困ってるんだよ。直子がやってうまくいった方法があるのなら、参考にしたいんだ」

「参考にしちゃいけないかもしれないんだよ」

電話の向こうで声のトーンががくんと落ちた。

「……なぜ？　何をやったっていうの、直子」

空気が変わった。

電波を間に通していてもわかる。いつもテンションの高い直子が、ひどく重々しく呼吸をしている。やがて思い切ったかのように、直子の声が聞こえてきた。

「もっと前から、言おうとは思ってたの。だけどなかなか言い出せなかった。こんなことを言ったら、嫌われちゃうかなって思ってたから」

「……何だよ。一体、何の話だよ……」

「覚えてる？　内定が決まってさ、私たち二人とも食品業界で……同志だって話、したよね。くじけそうになってもお互いのことを思って頑張ろうって私、言ったよね」

「ああ、覚えてるとも。約束通り、俺は頑張ってるよ。直子だって頑張ってるんだから、俺もって」

「そうだよね。そうだと思うから、余計に言えなくて……」

純一はいら立ちを隠さずに告げた。

「直子。はっきり言ってくれ。結論を」

数秒の沈黙の後、直子は言った。

「私、諦めたの」

「えっ……」

　純一は絶句する。

「会社で、そのままの自分でやっていくことを諦めたんだよ」

　諦めた、だって？

　それはつまり、上司の意見に従ったということか。美味しいものを届けるという理想を捨て、売上額が全ての一会社員に成り下がったのか。

　同じ想いでいると信じていたのに、実際に頑張っていたのは純一だけで、直子はとっくに戦いの土俵から下りてしまっていた……？

「直子。それってつまり……」

「ねえ純一。聞いて」

「何だよ。何を聞けっていうんだよ」

　理想を追い続けている俺を、直子はどんな気持ちで見ていたのだろう。青臭い夢から早く覚めて、大人になるべきだと思っていたのだろうか。部長や山内が俺を小ばかにするように、直子も俺を下に見ていたのでは。

　俺に会おうとしないのは、そのせいだったのか？

「あのね。怒らないで聞いてね」

「ああ」

「私、今ね……」

携帯電話を耳に押し当てている純一の前に、通過列車がやってきた。トンネルの空気を押し出して風を生み出し、あたりを振動させ、激しく音を立て、都営地下鉄三田線の車両が通り過ぎていく。

最後尾の車両が闇に消え、ライトの光が掻き消えたくらいの時に直子が言った。

「地下鉄三田線の車両に乗っているの」

「……嘘、だろ……」

純一は思わず行ってしまった列車を振り向いた。そこには闇だけが広がっている。

「直子。遠くにいるって言っていたじゃないか。遠くにいるから、会えないって。東京にはいないって！　言っていたじゃないか！　そんな嘘をついてまで……俺に会いたくないのか？」

「純一、聞いて。これには事情があるの」

「聞きたくないよ！　君の話は、もう聞きたくないっ！」

食いしばった歯がこすれて音が鳴った。鼻の奥がつんと痛い。

信じていた親友に裏切られたという思いが、手を震えさせた。何もかもが汚く見えた。灰色の壁が、光沢を放っている漆黒のレールが、かすかに明滅する電灯が、行きかう人々の顔が、全てがおぞましく感じられた。

「聞いて、最後まで！　純一！」

「うるさい！　だいたい、いつも自分勝手に電話かけてきて、こっちは迷惑なんだよ！　お前も、部長も、みんな俺を利用してるんだ。俺を踏んづけて、馬鹿にして、笑ってやがる。だけどな、俺だって一所懸命生きてるんだよ。いいさ。お前らがそういうつもりなら、俺だって、俺だって！」

「純……」

力いっぱい携帯電話のタッチパネルを押し、電話を切る。強張《こわば》った手で電源を切ると、ポケットに押し込んだ。知るか、もう。俺だってやってやる。自分勝手に電話を切ってやる。自分勝手に売りつけて、自分勝手に生きてやる。

そうだ。

俺だって……悪人になってやる。

純一は暗い決意を全身に漲《みなぎ》らせ、やがて影に引きずられるように、ふらふらと歩き出した。

「あれ、帰りは同じ方向なんですね」

ほろ酔い気分で壮太と清水は千住原駅の改札口を通ると、自然と下り五番線のホームへと向かっていた。

⚜

「俺はあさつり台だ。君はどこまで?」

「竹ヶ塚駅です。寮ですので」

「二人とも藤乃沢駅と近いな」

「その割にはあまりお会いしたことありませんね」

「気付かないうちにすれ違ってたのかもな」

清水は笑う。やってきた普通列車に、壮太と清水は乗り込んだ。車内に空席はなく、座席の前に二人は並んで立った。

冷房がかかっているが、近くで窓も小さく開いている。電車が走り出すと、心地よい風が通りぬけていく。

清水は話しかけてこなかった。

必要なことは話したという顔で、穏やかに窓の外の街を見ている。壮太がちらちらと様子を窺っていると、やがて鞄から本を一冊出して開き、読み始めた。

独特な人だな。壮太は思う。

清水の目は完全に本に向いているというのに、少しも拒絶されている感じがしない。話しかけたければいつでもどうぞ、という気配だ。

「あの……清水さん」

「ん？」

清水は視線を動かさないまま答えた。

「さっきの話なんですけれど。運転士になっても、発見があるということはわかりました。そこは僕も偏見があったようです」

「うん」

「ただ、もう一つ気になる点があるんです。業務についてなんですけど……駅員って、凄く人間力を試される仕事だと思うんですよ。単純に面白いんです。色んな人と触れ合うし、触れ合わざるを得ない。車掌や運転士は違いますよね。乗務員室にいる時間がほとんどで、お客さんと話す時間は圧倒的に少ない」

「そうだな」

「そこが僕はあまり好きになれないんですよ」

「誰かと話したいと？」

清水の問いに、壮太は少し考えてから答える。

「話したいというか……人の力を感じていたいんです。機械を動かすことが仕事というのが、いまいちピンと来なくて」

「……ふむ」

「失礼な言い方かもしれませんが、自分も機械の一部みたいになってしまうのがあまり好きではないんですよ。秒単位のダイヤ通り電車を動かすとか、駅によって決まったアナウンスを流し、ドアを開閉するだけというのは、ちょっと。駅員のように、ある意味原始的だけど、結局のところ人間次第な仕事の方が……」

何をだらだら自分は言っているのだろう。試験を受けずに済む理由を必死に探す子供のようだ。そう思いながらも、壮太は清水の顔を見た。

「……清水さん？」

くはっ、と清水は笑った。

「運転士も、なかなか原始的な仕事だよ」

「え？」

清水は本を閉じ、壮太の方に顔を向けた。

⚜

進藤純一は一人、電車に乗っていた。いつもの蛍川鉄道吉祥行きに乗り換え、座席の端っこに座り、何度も何度も心の中で繰り返していた。

悪人になってやる。

正直者でバカを見るのはもうごめんだ。これからは他人のことなど考えない。ハムかつだろうがくず肉だろうが売ってやる、売った後は知ったことか。会社の評判が下がる？下がればいい。下がり始めた頃に転職してやる。

それくらいしなければ、生きてはいけないんだ。出世もできない。そうだ、これからはやりたい放題やってやる。

ふと気がつくと、すぐ目の前にあの白髪交じりの男が立っていた。吊り革を摑み、いつものように新書を開いている。間に例の栞が挟まれている。純一はじろり、と彼を見た。

お前もそうなんだろう。

どこの会社に属しているのか知らないが、どうせ汚いことをたくさんしているに決まっている。悪人ほどいい思いをしているんだ。これからは俺だってそうなってやる。そして出世して、うまい汁を吸う側に行ってやる……。

憎しみや不満、そして嫉妬。純一はあらゆる黒い感情を凝縮し、白髪交じりの男にぶつけていた。別に彼である必要はなかった。今は全ての人間が敵であるような気分だったし、この社会そのものが不快だった。

白髪交じりの男を一際睨み付けたのは、単に顔見知りであったことと、たまたま近くにいたというだけに過ぎない。

だが、そのために、数いる乗客の中で純一だけが気付いた。

思いがけないことが起きたのだ。

白髪交じりの男がふと新書を閉じて横の若い男を見た時、栞がすいと紙の上を滑り、ひらひらと落ちた。木の葉のように翻《ひるがえ》り、「パパいつもありがとう」と書かれた文字が見える。紫色の可愛らしい押し花と共に。使い古された、黄ばんだ紙。

白髪交じりの男がはっと息を呑むのがわかった。彼にとってその栞が宝物であることが、その一呼吸だけで純一には感じられた。

知るか。どうでもいい。

他人なんか関係ない。

俺は悪人になるんだから、そう決めたんだから……。

薄い栞は窓から吹き込む風と冷房に弄ばれ、落ちたかと思うとふわりと浮かび上がり、そしてあっという間もなく、純一の脇を通って窓の向こうの闇へと吸い込まれた。

考えるより早く、純一の体が動いた。

栞を追いかけて窓に手を突っ込み、指を大きく開く。あと少し届かない。咄嗟に窓枠を摑んでぐいとこじ開け、その中に体を滑り込ませる。大きく身を乗り出してさらに腕を伸ばした。人差し指と中指の間に、かろうじて紙が挟まる感触。

「危ないっ！」

誰かの声が聞こえた。

言われるまでもなかった。電車から半身が飛び出した純一の真下では、砂利が猛烈な速さで後方へとすっ飛んでいく。高速回転する車輪が見えた。それに触れている鉄のレールも。恐怖が心臓を鷲摑《わしづか》みにし、体がすくむ。

当たり前だ。電車は走行中なんだぞ。

さっき悪人になると決めたばかりじゃないか。なのに他人のために、それもただ栞を拾うためだけに、どうして俺はこんな危険を冒しているんだ……。

勢いよく体を乗り出したため、バランスが取れない。風にあおられて純一の体は窓を越え、そして電車の外へと滑り落ちる。

……バカだな。俺。

純一は思わずため息をついた。

「あっ、落ちる！」

靴を誰かが掴むのがわかった。だが、純一の体を車内に戻すには到底力が足りなかった。

右の革靴が脱げる感触とともに、純一は闇の中へと放り出された。

⚜

「落ちたっ！」

車内が騒然とする。

壮太の手には男の革靴だけが残されていた。靴にはまだ体温が残っている。清水は持っていた新書を投げ出すと、すぐさまドアの脇に取りつき、非常通報ボタンを押す。がちん、と金属の音がして数秒、車掌が応答した。

「はい、ボタン押されましたか」

清水がマイクに口を近づけて叫ぶ。

「六号車、山側の窓から人が落ちた！　すぐに止めてくれ、それから列車防護信号無線発報、急いで！」

「何ですって」

車掌の声にも緊迫感が満ちる。

『緊急停車します。手すり、吊り革にお摑まりください』

即座に同じ声でアナウンスが流れると同時に、甲高く金属が擦《こす》れる音が響き渡る。車内の人間が大きく揺られ、みな吊り革を慌てて摑んだ。みるみるうちに電車の速度が落ちていく。非常ブレーキだ。

「壮太、彼の姿は見えるか？」

清水が言う。

壮太は窓に飛びつき、列車の後方を見た。夜ということもあり、男の姿はどこにも見えない。列車はやがて停止した。景色でわかる、ここは藤乃沢駅まであと数百メートルほどの位置だ。停車のため速度を落とし始めたタイミングだったので、比較的早く停まることができたのだろう。

「ダメです、見えません」

「くそっ」

空っぽになった座席の端っこ。網棚に乗せられたままの、男の鞄。男だけが消え去ってしまった。ざわめきが車内を支配している。

「ご心配なく！」

清水が振り返り、よく通る声で言う。乗客がみな清水の方を見た。

「私はＪＲ貨物の職員、こちらは蛍川鉄道の駅員です。すぐに対処させていただきますので、申し訳ありませんがしばらくお待ちください。なお指示があるまで、絶対に車外には出ないようにお願いします。危険ですので」

「清水さん」

「壮太。走るぞ、ついて来い」

「えっ？」

「車内はそんなに混雑していないだろ。車掌室まで走るんだ。状況を報告して、協力した方がいい」

「ですが、清水さんはそもそも別会社ですし、非番……」

清水は着ていたジャケットを脱ぎ、放り出した。

「俺たちは鉄道マンだ。会社なんて関係ない。運転安全規範通り、一致協力だ」

その目には闘志が漲っていた。プロとしての誇りが、光となって揺らめいていた。

「……はい！」

壮太は頷いた。

突然、全く突然だった。

ついさっきまでただの乗客として電車に乗っていた二人は、私服姿のまま、ほんの少し前に酒を飲んだ顔のまま、鉄道員へと変貌した。まさに変身であった。他の乗客たちも信じられないという顔でこちらの様子を窺っている。自分たちのすぐ横に鉄道員が乗っていたなど、誰も想像していなかったのだ。

「行くぞ！」

「はい！」

荷物を放り出して。上着を投げ捨てて。

清水と壮太は、乗客を掻き分けて最後尾の車掌室をめざし、駆け出した。

鋭い電子音が鳴り響いている。

列車防護無線が発報されているのだ。不安そうな顔の乗客たちの間を抜け、二人は最後尾の車掌室へと辿り着いた。

清水がどんどんとドアを叩き、大声を上げる。

「さきほど通報したものです！」

運転指令へ連絡を行っていたらしい車掌は、何事かとこちらを見た。

「あなたたちは？」

社員証を掲げ、清水は言った。

「自分はＪＲ貨物の清水潔運転士、こっちは藤乃沢駅の夏目壮太駅務員です。我々の目の前でお客様が窓から落ちたんですよ」

三十代くらいの丸顔の車掌は、なるほどと頷いた。

「ああ、そうでしたか。道理で詳しい方だと思いました」

「男性の姿、確認できましたか？」

「いえ。まだです。これから第一種列車防護措置を行います」

車掌は体を伸ばし、きびきびとした動作で運転台の上から細長い筒を取った。

「男性の確保に、人手がいりませんか。良ければ私たちも行きますが」

清水が聞くと、車掌はしばらく考えてから「ではお願いします」と答えた。

「よし。行くぞ壮太」

清水が非常用ドアコックに取りついて操作すると、空気圧でドアが開いた。そこから線路へと飛び降りる。壮太は慌てて後を追った。

車掌もばたんと外への扉を開き、飛び出した。

何か事故が起きた場合、列車は非常ブレーキでまずは停止する。だが、それだけで危険が取り払われるわけではない。例えば線路に人が落ちた場合は、その列車だけが停まってもダメだ。付近を走る列車もみな停めなければ、別の列車に轢《ひ》かれてしまう危険がある。そのために行う措置を列車防護という。

具体的にはどうするか。

一つ一つの列車に、運転指令から停止するよう連絡している時間はない。まず、乗務員が電車に据え付けられた列車防護無線を発報する。これはボタン一つで発信でき、半径一キロほどを走行している列車に向けて一斉に停止を要請する。

各列車では信号を受信するとけたたましいブザー音が鳴り、これを聞いた運転士は即座にブレーキをかけて列車を停めるのだ。

「列車防護はな、手動なんだよ」

線路の脇を走りながら清水が言う。

「緊急停止信号を聞いた運転士が、手で停めるんだ」

壮太は同じく走りながら、先頭をゆく車掌を見る。

車掌が細長い筒から出た紐《ひも》を引っ張ると、眩く赤い光が輝いた。花火に似たその光は、火薬くさい煙を流しながら闇の中で煌《きら》めいている。信号炎管だ。

車掌は信号炎管を円を描くように振り回しながら、まっしぐらに駆けて行く。

「そして走るんだ。とにかく走る」

清水が言った。

「今頃列車の前方では、運転士が進行方向に向かって同じように走っているはずだ」

列車防護無線はあくまで無線である。電波を飛ばしているという仕組み上、百パーセント確実に届くわけではない。例えば遮蔽物があったりすると、その向こう側を走る列車には届かないといったことが起こり得る。

しかし事故は人命にかかわる。百パーセント確実に防がなければ、取り返しがつかない。九十九パーセントではダメなのだ。最後の一パーセントを、何としても安全にしなければならない。

「最後の砦《とりで》は、人間というわけだ」

ぜいぜいと息を切らし、汗だくになりながら、それでも車掌は信号炎管を持って必死に走り続ける。でこぼこの枕木と、積まれた砕石の上はとにかく走りにくい。壮太もしばしば足を取られ、躓《つまず》きそうになる。それでも全力で、走る。

やってくる電車に危険を知らせるため、ただそのために。

走行中の列車は、この信号炎管の合図を見つけたら非常ブレーキをかけて停車することになっている。だが、列車はすぐには停まれない。事故地点の直前で非常ブレーキをかけても間に合わないのだ。

だから走る。線路の前と後ろに向かって、運転士と車掌がひた走る。

時速百キロで走る列車は一秒で約三十メートルも進む。信号炎管の発見が五秒遅れれば、百五十メートルも電車は突き進んでしまうのだ。一秒の操作の遅れが大事故に繋がる。だから少しでも早く、少しでも手前で合図を伝えなければならない。

「このために乗務員は、定期的に数百メートル、枕木の上を走る訓練をしてるんだぜ」

清水の言葉を聞き、壮太は胸が詰まるような思いがした。

何ということだろう。

膨大な電気を使い、自ら驀進《ばくしん》する巨大な機械を手に入れても、それを制御するのは一人一人の人間たちなのだ。信号炎管を握って走る車掌であり、合図を確認してブレーキをかける運転士である。線路の上を走る足。常に緊張状態を保って前方を確認する目、緊急停止信号を聞く耳、マスコンを操作する手。

人間の血と肉と骨。

それが、最後のところで人間の血と肉と骨を守り通す。

これが原始的でなくて何だろう。機械や道具を介在しているとはいえ、やっていることは崖《がけ》から落ちた人間をすんでのところで摑み、必死に引き戻そうとする行為と変わらない。

「壮太、お前は男性を探せ！」

「はい」

走りながら必死に壮太は答える。

「俺は踏切をやる！」

清水は車掌とアイコンタクトすると、脇の踏切へと駆け寄った。踏切の非常ボタンを押しているのだ。走っている途中で踏切があればそこのボタンを押し、信号機があれば短絡器を使って赤にする。全て人間の手で行う。肝心な時、機械には頼れない。安全を追い求めた結果、鉄道のシステムはここに行きついたのだ。

きびきびと動く清水と車掌を頼もしく思いながら、壮太は必死にあたりに目をこらした。夜とはいえ周囲の明かりで何とか見える。男性の姿を探して、走り続けた。

足が地を踏み、蹴り抜ける。筋肉が躍動し、骨が震える。肺が収縮して息を吸い、心臓が拍動し、全身に血液を送り出す。

これが、乗務員か。

数分前の自分が恥ずかしかった。

人間の力を感じたいから駅員でいたいだなんて。何にもわかっていなかった。

車掌も、運転士も、駅員も、みな人間だった。誰ひとりとして、歯車なんかじゃない。

機械を動かすだけの仕事でもない。

人だ。

そこには人しかいなかった。

運転する人、列車を整備する人、保線する人、駅の人、あらゆる人が……互いを信頼し、会社の垣根さえも超えて力を合わせた結果、存在しているのが鉄道なのだ。それは人間社会の縮図といってもいい。

こんな移動手段が存在していること自体が、人間の可能性そのものなのだ。

駅員としてずいぶん働いてきたつもりでいたけれど、まだまだ全然鉄道について知らなかったんだな……。

壮太は汗だくの額を拭い、苦笑した。

その時、線路の脇に黒い影が見えた。車掌は気がつかなかったのか、横を駆け抜けていく。しかし壮太にははっきりと見えた。

あの男性だ。

「お客様！　大丈夫ですか？」

壮太は大声を上げて、影に向かって走り寄った。

⚜

進藤純一は目を開けた。星空が見えた。

背中に冷たいレールの感触。

立ち上がろうとしたが、肩がひどく痛んで顔をしかめた。

そうだ。俺、列車から落っこちたんだ……。

おそるおそる自分の体を動かしてみる。しかし不安とは裏腹に、四肢は動いた。尻と肩を強く打っているようだったが、他に問題はなさそうだ。ゆっくりと体をひねり、足の裏を砂利の上に載せ、純一は線路の上に立った。

打ち所が良かったのだろう。

ジャケットもズボンもぼろぼろで泥だらけだったが、体は多少の打撲と擦り傷だけだった。額も染みるように痛むが、触ってみるとほんのわずかに出血しているだけ。落ちる瞬間の恐怖を思い、思わずほっと息を吐いた。

死んでいてもおかしくなかった……。

あたりを見回してみる。線路は夜の街を貫いて走っている。周囲の住宅には明かりがつき、風に揺れる電線が純一を見下ろしていた。

少しずつ、別の恐ろしさが湧き上がってきた。

とんでもないことをしてしまった。走行中の列車から落ちたのだ。きっとあちこちで電車は止まり、遅れが出ているだろう。俺一人の軽はずみな行いでそこら中に迷惑をかけたわけだ。会社に知られたら、クビにされてしまうかもしれない。

純一はため息をついた。何やってんだ、俺は。

……まあ、仕方ないか。

結局俺は、悪人にはなれないみたいだ。それがよくわかった。遅かれ早かれ、会社からは出ていくことになったのかもしれない。

右手を見る。

人差し指と中指の間には、まだ栞が挟まっていた。ところどころ破け、泥も付着していたが確かにあの栞だ。「パパいつもありがとう」と書かれた文字、紫色の可愛らしい押し花。

しばらく見つめ続けてから、純一は「本当にバカだな、俺」と呟いた。

ふと数メートルほど先を、赤い光が駆けていくのが見えた。何かと思って立ち尽くしていると、声が聞こえる。

「お客様！　大丈夫ですか？」

足音とともに、人影が近づいてきた。

♱

やがて藤乃沢駅からも応援が駆けつけ、安全確認の後に列車は運行を再開した。早期に落下した人物を発見できたこと、そして大きな怪我がなかったことが幸いし、停車していた時間は二十分ほどですんだ。

それでも大きな遅れが出たことには変わりない。後の列車にも遅延の影響が残り、ダイヤは乱れた。何より、一歩間違えば死亡事故に繋がっていたかもしれないのだ。注意喚起も含め、飛び降りた乗客……進藤純一は、藤乃沢駅の事務室で事情聴取が行われることになった。

♱

進藤純一がパイプ椅子に座ると、微かに軋んだ音がした。

目の前には藤乃沢駅の助役だという人物が座り、穏やかな目でこちらを見て聞いた。

「ええと進藤さん、でしたよね。もう一度聞きますが、本当に救急車は呼ばなくていいんですか？」

純一は頷く。

「どこも問題ありませんから」

強がりではなかった。擦り傷が数か所あっただけで、痛みはすでに引きはじめていた。

「そうですか……念のため検査してもらった方がいいと思いますが」

「いえ、大丈夫です。それよりその……ご迷惑おかけしました」

ぺこりと純一は頭を下げる。助役は苦笑した。

「走行する列車から落ちてその程度で済んだのは奇跡ですよ。理由はどうあれ、もう二度としないでくださいね」

「はい」

本当にその通りなのだろう。万が一、打ち所が悪かったら。あるいは、車輪に巻き込まれていたら。命を失っていた。

線路に叩きつけられた時、目の前を電車が通り抜けていくのが見えた。重々しく車輪が唸りを上げ、砂利を弾き飛ばしていた。あれに轢かれていたら……もう一度恐ろしくなり、純一はぶるっと震えた。

「あの……」

純一はおそるおそる切り出す。ずっと大切に持っていた栞を、差し出す。

「これ。電車に乗っていたお客さんの物なんですが。後で渡しておいていただきたくて……」

「はい。その件については本人に直接」

「本人？」

「ええ。そこにおりますので」

助役は頷くと立ち上がり、事務室の奥に向かって声を出した。

「おーい壮太、清水さん。入ってくれ」

そのまま助役が席を外すと、入れ替わりに奥から二人の男性がやってきた。一人はあの白髪交じりの男だった。横にいる若い男は、線路まで純一を助けに来てくれた人物だ。二人とも汗だくで髪やシャツが乱れている。

白髪交じりの男はすぐ近くまでやってくると、深々と頭を下げた。

「私の栞を拾っていただき、本当にありがとうございました」

「あ……いえ。ええと」

「そういえば、よくお会いしますよね。あさつり台駅の喫茶店で」

「そ、そうかもしれませんね」

純一は曖昧に答えた。

顔見知りとはいえ、あくまで背景に過ぎなかった白髪交じりの男と今、話している。それがとても不思議なことのように思えた。

「申し遅れました。私はＪＲ貨物で運転士をしております、清水潔です」

「え？　ＪＲ貨物……？」

「蛍川鉄道の夏目壮太です」

隣の若い男も頭を下げた。

「鉄道の方なんですか？」

「はい、そうです」

「自分はてっきり、会社員だと……」

清水がくはっと口を開いて笑った。

「ＪＲの人間も会社員ですよ？」

「いや、そうではなくその、自分と同じように営業とかそういう会社員かと」

「ああ、進藤さんは営業の方なんですか」

純一も立ち上がり、軽く礼をした。

「はい。食品会社で営業をしています。いやあ、驚いたなあ……鉄道員が一緒に電車に乗っているだなんて、想像もしませんでしたよ」

どうぞ座ってください、と清水に促され、純一はパイプ椅子に腰を下ろした。清水と壮太も正面の椅子に腰かける。二人の姿を純一は改めてまじまじと見た。

清水はお洒落なシャツにパンツ、壮太もスーツ姿だがネクタイはしていない。これが通勤時の格好ということなのだろう。制服を着ていない状態では、鉄道員だとはわからない。

「我々も多くの人が通勤には電車を使ってますよ。結構、鉄道員はいると思いますね。例えばJR東日本なんて、社員は五万人くらいいますから。従業員数だけで言えば、日本で三番目に大きい会社です。同じ列車に一人や二人乗っていても不思議ではありません」

横から壮太も言った。

「蛍川鉄道はJR東日本さんと比べるとずっと小さいですが、それでも社員は三千人ほどになります。各会社を合計したら、東京だけで十万くらいは鉄道関係者がいると思いますよ」

「そんなに……社員がいるんですか。鉄道の人が乗ってるだなんて、考えたこともありませんでした……」

純一は絶句した。

それから、なんだかおかしくなってきた。

思わず笑い出しそうになる。

白髪交じりの男……清水を見るたびに、自分は何てくだらないことを考えていたのだろう。

自分が勝手に作り上げていた悪印象が嘘のように消え去っていく。直接相対し、互いの目を見て話す清水は、とても温かい人物に感じられた。

「あの、これ……」

純一は栞を差し出した。

「少し汚れてしまいましたけど。何とか取り戻せました」

「…………」

清水が頭を下げた。

「ありがとう」

純一は驚いて口を開いた。横の壮太も目を丸くしている。

清水は涙ぐんでいた。これくらいの年の男が泣くのを、純一は初めて見た。大切そうに栞を両手で受け取ると、しばらくじっと見つめて目を閉じた。

やがて、ぽつりと言った。

「進藤さん。さんざん言われたと思いますが、窓から身を乗り出すのは危険なんです。だから絶対にやめてください。落とし物を拾うためであっても、です」

「……はい」

「だけど……それでも。ありがとう。大事なものなんですよ、これ……」

嬉しそうに口角を上げながら声を震わせている清水を見て、純一はほっと息をついた。

「良かったです。こんな自分でもお役に立てて」

「……こんな自分？」

訝しんだ様子で清水が聞き返す。

「あ、いや……ちょっと色々あって落ち込んでいたもので。自分に自信がなくなっていて」

「どういうことですか。良かったらお話、聞かせてもらえませんか」

清水は真剣な表情であった。純一はしばし口ごもったが、これも何かの縁だと思い、話してみることにした。

「元々仕事がうまくいかなかったのが問題なんですが。それに加えて、親友の件でショックを受けていて……」

清水と壮太、二人の鉄道マンは、相槌を打ちながら真剣に話を聞いてくれた。

♆

純一の話は思ったよりも深刻だった。壮太は頷きながら耳を傾ける。

仕事がうまくいっていないこと。自分の理想が、会社の方針と噛み合わないこと。本間直子という、同じ食品業界で働く友人がいること。随分前から会っていないが、電話だけしているということ。東京にいないとずっと嘘をつかれていたようであること。そして、直子は会社で自分の理想を通すのを諦めたらしいこと……。

「……そんな感じです。我ながら、情けないですね」

頭を掻き、純一は話を区切った。

壮太は横の清水を見る。清水はじっと純一を見つめたまま、口を一文字にして黙り込んでいた。話し始める様子はない。ただ沈黙だけが室内に満ちた。

「ええと……どう思われましたかね」

純一が困ったように聞いた。

やはり清水は口を開かない。気まずくなって壮太が言った。

「会社にいると、そういうこともあるのでしょうね」

「そういうこと？」

「はい。やはり理想だけではやっていけないのは、どこも同じでしょう。働く中で会社に染まるのも、ある程度は必要なんだと思います。そのご友人の方が、諦める御決断をしたのも無理はないですよ」

「そう……なんですかね」

「ええ。でも、進藤さんが同じ決断をする必要はどこにもありません。いっそ、自分に合う会社を探しても良いのではないでしょうか」

「自分に合う会社、ありますかね……」

「どこかにはありますよ、きっと」

壮太は言いながら、無責任な言い方だなと自分でも思った。だが他に良いアドバイスも思い浮かばない。

「壮太さん。意見を聞きたいんですけど」

「はい？」

「俺は直子と、今後どうやって付き合っていったらいいんですかね？」

不安そうな顔で純一は続ける。

「だって嘘をつかれていたんですよ。あいつは東京にいないと繰り返し言っていましたが、今日は都営三田線に乗っていると言った。一緒に会社で頑張ろうという誓いも、一方的にあいつは放棄した。それでも電話をかけ続けてくる。一体どうしたらいいのか、どんなつもりで会話していいのか、もうわからないんです」

「ええと……」

　壮太は何も言えなくなってしまった。

　どうしたらいいのか、自分にもわからない。

　だいたいその直子という人物が、なぜそんな嘘をついたのかすら、わからないのだ。距離を置きたいのであれば電話をしなければいいはず。頻繁に電話をするくらいなら、何も嘘をつく必要はない。ちぐはぐだった。

　この奇妙に絡まった糸のような事象を、解決する鍵が見当たらなかった。

　と、その時。清水がぼそりと呟いた。

「ん。待って下さい、三田線？　三田線に乗ってると言ったんですか？」

「はい」

「三田線のどの車両ですか？」

「どの車両って？　どういう意味ですか」

「六〇〇形とか、六三〇〇形とかの形式です」

「何ですかそれは。専門用語？　そんな細かいこと、わかりませんよ。直子だって知らないでしょう」

清水はふむ、とまばたきする。

「その形式によっては、彼女は本当に東京にいないかもしれませんよ」

「え？」

純一も、壮太も息を呑んだ。

おそるおそる、純一が聞く。

「どういうこと……ですか？」


翌日の早朝。純一は成田空港の到着ロビーにいた。あれからすぐに直子から電話があり、待ち合わせ場所にここを指定されたのだ。

「純一っ！」

自動ドアが開くなり飛び出してきた直子を見て、純一は目を疑った。別人かと思ったのだ。

よく見れば束ねたつやのある髪、派手目の化粧、そしてくっきりとした顔立ち。それらは確かに直子であった。

「何であんな電話の切り方したのよ！　最後まで話聞いてって言ったじゃん！　心配させて、もう……ずっと気が気じゃなかったんだからね、昨日は一睡もできなかったんだからっ」

直子は泣いていた。飛行機の中でもずっと泣いていたのだろう、目は真っ赤に充血し、顔には涙の痕《あと》がついている。マスカラが溶け出した黒い痕が。

「ケータイで日本のニュース見たら会社員が電車から飛び降りたとか出てるし！　まさかと思って駅に問い合わせたら純一だっていうし！　もう、本当に、生きた心地がしなかったんだからあ！　急いでチケット取って、ここに来たんだよ、このバカ！」

直子はキャリーケースを放り出す。それからアクセサリがいくつもつけられた手提げ鞄を振り上げると、思いっきり純一の顔を横殴りにはたいた。中には何が入っているのか、物凄く重い一撃であった。意識が飛びかけ、ふらつく。次の瞬間、全身に猛烈な衝撃がやってくる。

見ると、まるでタックルのごとく直子が抱きついていた。

「ごめんね、純一、ごめんね、私ずっと言えなくてごめんねっ！」

それからうわーん、と声を上げて再び号泣する。どうやら直子は、あの喧嘩で純一が自殺を図ったと勘違いしているようだ。胸をぎしぎしと圧迫されながら、純一は必死に声を出した。

「な、直子、その……その肌」

「え？」

別人に見えた理由は他でもない。直子は顔も化粧も昔と同じだったが、只一点、肌の色だけが全く違っていた。黒々と日焼けしていたのである。

ようやく直子は純一を離し、自分の腕をしげしげと見た。

「あ……これね。いやあ、どうしても周りが大抵小麦色だから、私も合わせようと思って。毎日日光浴してんのよ。いやー、ここまで焼くのには時間かかった」

「じゃあ、清水さんが言った通り、直子は……」

清水さん？　と一瞬直子は首を傾げた。だがすぐに頷いて言った。

「そうよ、私今、インドネシアに住んでるの！　ここまで来るのに七時間もかかるんだからね」

「ほーんと、最悪だよね。全部の会社がそうじゃないと思うけどさ、消費者に何食わせようが平気だって思ってるんだから」

空港のカフェ。直子はオレンジジュースをぐいぐいとストローで吸いながら苦虫を噛み潰したような顔で言った。

「直子の会社もそうだったんだ」

「そうだよ。この新商品いまいちで売りたくないとか言うと、上司からボコボコにされる。だから一年で辞めちゃった。もう、勢いで辞表出しちゃったの」

「そんなに早く辞めてたの？　じゃあ今は何してるのさ」

「今はジャカルタで居酒屋開いて、やってる」

「い、居酒屋だって？」

「そう。まあ最初は旅行でぶらっと行っただけだったんだけどさ、現地の水があったのかすっかり居ついちゃって」

「そんなの、やっていけるもんなのかい」

「あれ、知らないの？　インドネシアでは今、日本の居酒屋スタイルが人気なんだよ。日本のものも美味しいって言ってくれる人が多いし」

純一は唖然として直子を見つめる。肌が黒くなった友人は、一回り人間として大きくなったように見えた。

「大変だろう」

「そりゃ、まあね。色々と手探りだし、自分一人でやってるから忙しいよ。だけど会社員だった時と違って、本当に美味しいと思ったものを提供できるし……何より、それでお客さんが喜んでくれた時には嬉しくなるよね」

「そうか……海外にいたからいつもインターネット電話だったのか。でも、どうして今まで言ってくれなかったんだよ」

「だって、言いづらかったんだもの。私たち、内定取った時に誓ったでしょ。会社は違っても同志だって、一緒に頑張ろうって。くじけそうになってもお互いのことを思って頑張ろうって」

「ああ」

「純一は毎日頑張ってるのに。私だけ先に諦めて、会社を辞めたなんて……言えなかったんだよ。そりゃいつかは言わなきゃならないと思ってたけどさ、今度にしよう、今度にしようと思っているうちにいつのまにか時間が経っちゃって……」

直子は理想を諦めたわけではなかったのだ。あくまで会社の中で実現するのを諦めただけ。純一が取り違えていただけだった。

学生の頃と同じ気持ちのまま、直子は今も頑張り続けていた。

俺は清水さんといい、直子といい、全然相手のことが見えていなかったらしい。

「だけど直子、君は言っていたじゃないか。都営三田線に乗ってるって。あれはどうして？」

「純一も私と同じ悩みを抱えているみたいだったから、励ましたかったんだよ」

「励ましたかったって……三田線に乗ることが何の慰めになるんだよ」

「純一。私、『都営三田線に乗ってる』とは言ってないよ。『都営三田線の車両に乗ってる』って言ったんだよ」

「え？　まさか……」

「そう」

直子が頷いた。

「ジャカルタには、都営三田線の車両が走ってるの」


寮の二階、ワンルームの自室。

「はあ。中古車両譲渡か……」

夏目壮太は開いていた本を閉じた。机の上にぽんと置き、椅子にもたれかかる。

「さすがにそれは思い当たらなかった」

昨日、清水が純一や壮太の前で教えてくれた話を思い出す。

中古車両譲渡。

日本の鉄道車両はしばしば海外に送られている。もう使用されなくなった古い車両が海を渡り、新しい土地を走るのだ。送り先はインドネシア、アルゼンチン、タイ、ミャンマーなど。

例えばインドネシアのジャカルタ鉄道網……通称〝ジャボタベック〟に乗れば、たくさんの見慣れた車両に出会うことができるだろう。都営地下鉄三田線や、東京メトロ東西線、東急線、ＪＲ埼京線、ＪＲ南武線などで活躍していた車両が今なお現役で乗客を運んでいる。不思議なことに、これらの車両は現地に合わせて多少の改造こそなされているものの、多くの部分が昔のままになっている。

例えば、「優先席」の表示。「乗務員室」という文字。「急行日吉行き」「東葉勝田台」といった行先表示板。都営地下鉄の東京都マーク、あるいは「弱冷房車」の表示、場合によっては路線図まで日本のものがそのまま載っていたりもするのだ。

「海外で懐かしい表示の電車に乗った時は、何とも言えない気分になるよ。こんなところで会うとはね、みたいな。もちろんジャボタベックの路線図も載ってるよ。でもそれが、日本の路線図にそのまま重ねて貼られてたりするの」

直子は笑った。面白いなあ、と純一は嘆息する。

「でもさ、どうしてきちんと表示を変えないの？　改造する手間がかかるから？」

「それもあるんじゃないかな。偉い人の方針としては表示も含めて全部インドネシア式に直したいみたいだよ。実際、新車両の導入もあって日本式表示の列車は減ってきてるらしいし。でも現地の人に聞くとちょっと印象が違う。あえて日本語を残しておきたかったみたいなんだよね」

「え、あえて？」

「うん。日本語は、日本製である証。堅牢で壊れにくい、信頼が置ける列車である証。そして……アジア通貨危機の影響で大量に車両が不足していたインドネシアに、たくさんの車両を無償譲渡してくれた日本との友情の証、なんだって」

きいんと高い音がして、窓の向こうで飛行機が離陸していく。青い空に白い雲。

「そんなことがあったんだ……全然知らなかった」

「私も、ジャカルタの人に聞いて初めて知ったんだよ。でもさ、なんか元気が出るよね」

「……うん。知らないところで友達が活躍してるようで、嬉しい話だ」

直子は純一を見て少し微笑む。それから続けた。

「都営三田線の六〇〇〇形って知ってる？」

「いや、知らないけど……」

「昨日電話した時に私が乗ってた車両なんだけどね。都営三田線って東急目黒線と乗り入れすることに決まった時、新型車両を作ることになったんだって。その時に使われていたのが六〇〇〇形。まだ十分使える車両だったんだけど、ワンマン運転移行とかの都合で、新型車両に全部置きかえざるを得なかった」

すらすらと話す直子に純一は少し驚いた。

「詳しいね」

「調べたんだ。そうして会社のニーズに合わなかった六〇〇〇形は、引退を余儀なくされてしまった。でも今、海を隔てた遠いインドネシアで、毎日お客さんを乗せて走り続けている。その信頼性が現地の人に認められて、日本を走っていた時の表記のままで……」

　はっと純一は息を呑んだ。直子がこちらを見ている。

「純一。変わる必要なんてないんだよ。今の会社で認められないからって、悪人になる必要なんてない。そのままの自分でいい。何も変わらないままの自分だからこそ活躍できる場所がきっとある。三田線の六〇〇〇形車両がその証拠だって、そう思わない？」

　純一も直子を見返す。直子の目は澄み、美しく輝いていた。

「直子。君は……あの時俺に、それを伝えようとしていたのか？　俺が一方的に、君を疑っていた時に……」

　ふふっと直子が笑った。

　遠い海外の地で、はるかな海を隔てたその先で。共に同志と誓い合った友情は、なお変わらぬまま純一に向けられていた。それに気づかなかったことが悔しくて、そしてそれに気づいたことが嬉しくて……。

「何、涙ぐんでんのさ」

　直子の人差し指がゆっくりと持ち上げられ、純一の右目の下を拭う。小麦色の指に水滴が付着した。

「私たち親友じゃん」

壮太は温かい梅こぶ茶をすすりながら、外を眺めていた。

ぼんやりと色々なことを考える。

藤乃沢駅で自分は名探偵扱いされている。お客様が持ち込む謎を華麗に解き明かすから、だそうだ。だが自分では推理力があるだなんてこれっぽっちも思っていない。代わりに何かが自分に備わっているとしたら、それは想像力だろう。

フランスからのお客様は、どこまでを駅員だと思っているか。夜中に貨物列車はどこを走っているか。トイレに行っている間にいなくなる旦那に、骨壺は含まれるか。枠にはまらず考えを巡らせ、答えを導き出すのが楽しかった。人間としての奥行きが試されるようで、やりがいを感じた。

だけど……。

壮太は気付かなかった。本間直子が海外で三田線の車両に乗っているなどという可能性には。気付けるわけがない。あの話を聞いて、そんな連想をする方が無茶だと思う。

しかし、清水は気付いた。

「運転士だから、なのかな」

中古車両譲渡の話を、清水がどこで知ったのかはわからない。だが背景には運転士という視点があるような気がした。思えば駅員をやっていて車両の形式や、新しくなった車両、古くなった車両についてはさほど意識を向けたことはなかった。毎日車両に触れている清水だからこそ、そこに思い当たり、解けた謎なのだろう。

口に含んだ梅こぶ茶をごくんと飲み込む。香ばしい空気が口の中を抜けた。

「車掌登用試験、受けてみようかな……」

誰に言うでもなく、壮太は一人呟いた。もう、受けない理由がどこにもなくなっていた。

窓の向こうの鉄橋で、今日もいつもと同じ時刻に始発列車が駆け抜けて行く。

太陽に照らされ、その銀色の車体は煌めいていた。

# エピローグ　駅と仲間たち

藤乃沢駅から徒歩五分ほどの、とある小料理屋。

本日貸切と札のかかった引き戸を開け、進藤純一は声を上げた。

「うわあ、凄いご馳走だ」

カウンターにはたくさんの料理が並んでいる。肉の串焼きやら、焼き飯やら、汁物や麺類も見える。ほとんどは見慣れない色合いで、独特のスパイシーな匂いが漂っていた。

自慢げに腕を組み、直子が立っている。

「どう？　キッチンを借りて私が作ったんだよ。選りすぐりのインドネシア料理。その串焼きがサテサピ、焼き飯はナシゴレン、その焼きそばみたいなのがミーゴレン、そっちのお肉はルンダン」

「ええ？　自分で作った？」

「和風の食べものもあるよ。そっちは海苔《のり》巻、おにぎり、それから天ぷらに苺大福」

「……そんなものまで君の居酒屋のメニューにあるの？」

「ははは、まあ作れるけどね。今日は亀山さんに作ってもらった」

誰だ？

困惑している純一の前で、直子がひょいと手で示す。奥から短髪で太った男が姿を現した。ねじり鉢巻きをし、割烹着《かっぽうぎ》をつけている。

「ども。この店で下働きさせてもらっている亀山です」

純一よりもだいぶ年上に見えるその男は、礼儀正しく頭を下げる。

「純一さん。そいつのこと、ヒゲヨシって呼んでいいですよ」

奥の席から声がする。見ると、清水が手を振っていた。すでに一杯やっているらしく、顔が赤らんでいる。

「ヒゲヨシさん、ですか？　全然髭生えてませんけど……」

「ちょっと前までぼうぼうだったんですよ、そうだろ？　ヒゲヨシ」

「まあな」

亀山、もといヒゲヨシは苦笑いする。どうやら二人は気心知れた仲らしい。

「ボンソワール、来ましたよ」

唐突に背後で女性の声がして振り返る。そして純一は飛び上がった。

「え、えっとあなたは……」

美しい金髪、白い肌。まるでフランス人形のような女性がこちらを見てにっこり笑っている。

「初めまして。クロエ＝カプドヴィエル・ホシノと申します。今日はヒゲヨシさんが友達を集めてパーティーすると聞き、フランスに帰る前にやってきました」

「へえ、その人ヒゲヨシの知り合い？」

清水も驚いたらしく、煙草を取り落とした。

「ま、まあな」

ヒゲヨシはカウンターの向こうでグラスを準備しながらクロエに聞いた。

「クロエさん、今日のコンサートはどうでした？」

「大成功です！　また日本で弾きたいですね。ね、マツさん？」

クロエの後ろからおずおずと入ってきたスーツ姿の痩せた男が、頭を掻いた。スーツは明らかに大きすぎ、だぼだぼである。

「いやあ、コンサート良かったよ。ヒゲヨシ、お前に借りたスーツのおかげだ。しかし……すっかり綺麗になっちゃって、まあ。元ホームレスとは思えないな」

おう、と手を上げてヒゲヨシが答える。

「マツ。お前もどこかで働いたらどうだ？　意外とその気になれば、働けるもんだぜ」

「ああ……やってみようかな……駅で清掃のアルバイト募集してたし、まずはそのあたりから……」

これはどういうことだ。なぜこんなに知らない人がたくさんいる。

純一が戸惑っていると、直子がぱん、と手を叩いた。

「さあ、さあ。みんな入り口に固まってないで奥に入って入って。まだまだ人は来るみたいだからね、そこにいると残りの人が入れないよ」

慌てて純一は店の奥まで歩く。その途中で直子に小声で聞いた。

「なあ、ちょっとこれどういうこと？　なんで直子が料理してんの……」

「亀山さん、じゃなくてヒゲヨシさんか、彼がいいって言うからさ。店主の許可は取っているらしいよ」

「その……知らない人が凄くたくさんいるんだけど。俺、普通の小料理屋で、清水さんと直子と俺で、三人で飲むのかと思ってたよ。それが何で不特定多数のパーティーになってるのさ」

「あはは、私もここに来るまで知らなかったんだけどね」

「え？」

「何かねえ、知り合いの知り合い繋がりなんだって。清水さんがヒゲヨシさんと知り合いで。ヒゲヨシさんがマツさんと知り合いで。マツさんの知り合いがクロエさん……」

「俺だけじゃなくて、みんなもほとんど初対面同士ってこと？」

「そうなんじゃない？　清水さんがね、せっかくだから誰でも好きなだけ人を呼ぼうってことでこうなったらしいよ」

「……へえ」

純一は店内を見回す。わけのわからないメンバーだ。年長者もいれば若者もいるし、フランス人もいればジャカルタに住む日本人もいる。

「色んな人がいるね」

直子が言った。その通りだと思った。

「ね、純一。不思議じゃない？　こんなに色んな人がいるのに、今日はみんな電車に乗って、藤乃沢駅で降りてやってきたんだよね」

「……なるほど。そうなるのか」

「同じ電車を使う人は無数にいるのに、普段は何の関係もない他人。でも何かの縁で繋がってみれば、こうして楽しく一緒に時間を過ごせる。人間ってさ、不思議だよね。それこそ無限の可能性があるって感じるよ」

「無限の可能性、か……」

クロエとマツは、清水の卓に合流した。すぐさま注文が飛び、ヒゲヨシが慌てて酒を用意している。

「純一もそう思うでしょ？」

「うん。思うよ」

「良かった」

直子は微笑むと、純一の目をまっすぐに見て言った。

「じゃあさ……一緒にインドネシアに行ってさ、居酒屋やらない？　純一みたいに味に敏感で、頼れる人がいてくれたら私も……」

「おーい。純一さんと、その彼女さん。こっちに来て飲もうや」

マツの声が、二人の会話を遮った。振り返ってすぐに直子が否定する。

「私は純一の彼女じゃありません。親友です！」

「どっちでもいいからいらっしゃいな」

クロエも優雅な仕草で手招きしている。

「……また後で話そっか」

直子が純一を見て照れ笑いする。

「うん……」

純一もいつの間にか笑っていた。清々《すがすが》しい気分だった。

そうだ。どこでだって、何だって、できる。

無限に広がり、可能性を繋ぐ鉄道のように、俺だって。

レールはどこにだって繋がっているんだ。


五分と経たないうちに入り口の引き戸が開いた。

店内がわっと沸く。

「こんばんは。ご招待にあずかり、藤乃沢駅駅員一同やってまいりました……といっても、非番の者だけですが」

制服こそ着ていないが、こないだの事務室で見た顔が次々に入ってくる。先頭に立っているのはあの助役だった。純一は思わず頭を下げたが、助役は「ああ、どうもどうも」とにこにこしている。

「及川助役、機嫌いいですねえ」

「壮太が車掌登用試験受けるって言ったからだろうよ」

後ろで別の駅員たちが何事か話していた。そして最後尾、少し照れくさそうに俯いて一人の駅員が入ってくる。彼の名前は純一も知っていた。電車から落ちた自分を助けに来てくれた、あの駅員だった。

「どうも。夏目壮太です」

みなが席につき、料理が配られる。宴会の始まりだ。

今日の酒はさぞうまいことだろう。それぞれの人生の途中駅で、出会い、また別れゆく互いを肴《さかな》に飲むのだから。

◆参考資料

『こんなに違う通勤電車　関東、関西、全国、そして海外の通勤事情』谷川一巳著
『首都東京　地下鉄の秘密を探る　歴史・車両・駅から見た地下路線網』渡部史絵著
『東京総合指令室　東京圏１４００万人の足を支える指令員たち』川辺謙一著
——以上、交通新聞社新書
『貨物列車のひみつ』ＰＨＰ研究所編／ＰＨＰ研究所

この作品は書き下ろしです。原稿枚数377枚（400字詰め）。

# なくし物《もの》をお探《さが》しの方《かた》は二番線《にばんせん》へ

## 鉄道員《てつどういん》・夏目壮太《なつめそうた》の奮闘《ふんとう》

二宮敦人《にのみやあつと》

平成28年8月5日　初版発行

発行人――石原正康
編集人――袖山満一子
発行所――株式会社幻冬舎
〒151-0051東京都渋谷区千駄ヶ谷4-9-7
電話　03(5411)6222(営業)
　　　03(5411)6211(編集)
　　　振替00120-8-767643
印刷・製本―図書印刷株式会社
装丁者――高橋雅之

検印廃止
万一、落丁乱丁のある場合は送料小社負担で
お取替致します。小社宛にお送り下さい。
本書の一部あるいは全部を無断で複写複製することは、
法律で認められた場合を除き、著作権の侵害となります。
定価はカバーに表示してあります。
Printed in Japan © Atsuto Ninomiya 2016

幻冬舎文庫

ISBN978-4-344-42513-2　C0193　に-14-4

幻冬舎ホームページアドレス　http://www.gentosha.co.jp/
この本に関するご意見・ご感想をメールでお寄せいただく場合は、
comment@gentosha.co.jpまで。